Etienne du Sol

America's Cup
Plan B

novum
VERLAG

Bibliografische Information der Deutschen Nationalbibliothek:
Die Deutsche Nationalbibliothek verzeichnet diese Publikation in der Deutschen Nationalbibliografie. Detaillierte bibliographische Daten sind im Internet über http://www.d-nb.de abrufbar.
ISBN 978-3-85022-481-9

Layout: hps-Satz, Weilerswist
Lektorat: Mag. Petra Vock

Gedruckt in der Europäischen Union auf umweltfreundlichem, chlor- und säurefrei gebleichtem Papier.

www.novumverlag.com

Vorwort

Für myner Lüt:

Eva, mys Ümi:
Gyng umhi u gyng nug mi Gliebti.
Di schönschtä Uugäblicka va mym Sii.
Mit Dier wollt ig alta wärdä.

Lara u Dimitri:
Läbet öuwer Trüüm u wärdet glücklig.

Elterä:
Für ds Lidä, Kämpfä u Gärähaa.

Mariann u Thömel:
Wa mengs müglig mache.

Fründa:
Häbet Dank für daa z'sy, wes nuch brucht.

Märk u allne, wan da nät meh sy:
Uvergässe u schmärzlig vermisst.
Ustärblig i üüsne Härze

Mädi, Daniel, Vreni, Petsch u **Thömi** für z'dürilläsä
un em Gilbart für ä Biitrag zum Buechtechel.
Änx Muni!

Nüt verunguet für das gschwullna Pseudonym
Äs hiist ja nüt andersch wa:
Stäffä vam Bode – uf wältsch

Auch für:
Lügner, Betrüger, Mörder und alle anderen Drecksäcke:
Weil einige von euch in diesem Buch vorkommen.

Die Geschichte und darin vorkommende Chataktere sind frei erfunden, erstunken und erlogen. Sollte sich trotzdem jemand erkennen ist dies vom Autor nicht beabsichtigt.

9. Juli 2007, Paris,

Cimetière du Père-Lachaise, 15.30 Uhr

Der Regen prasselte herab und ließ die Grüfte dampfen. Die Szene hatte etwas Gespenstisches an sich.

„Wie passend!“, schmunzelte der gepflegte Herr, dessen Füße in italienischen Maßschuhen steckten. Diskret drückte er auf den Sendeknopf des Handys, das in seinem dunklen Mantel verborgen lag. Schräg vor ihm, in kaum fünf Metern Entfernung, stand der große Mann mit den breiten Schultern. Seine Augen blickten traurig unter den dunklen Locken hervor, auf denen Regentropfen im gleissenden Licht der Scheinwerfer wie kleine Diamanten glitzerten. Er schien zu weinen.

„... Jean Claude, JC (dschei si) hat es mit seiner Fröhlichkeit verstanden, andere anzustecken. Er wird uns fehlen ...“, flötete der Geistliche salbungsvoll.

Der Dunkelhaarige fühlte das Vibrieren des Handys und nahm es diskret aus der Tasche seiner dunklen Jeans. Seine Hand begann zu zittern, als er die Nachricht auf dem Display las.

„Shit!“, entfuhr es ihm und er blickte ängstlich um sich, bevor ihm bewusst wurde, dass er von den restlichen Teilnehmern der Trauerfeier verständnislos angestarrt wurde. Erschrocken senkte er den Blick, doch schon überflutete das Adrenalin seinen Körper. Schweiß drang aus all seinen Poren und trat in feinen Perlen auf seine Stirn. Etwas war furchtbar schief gelaufen, er war in Lebensgefahr. Er wollte sich umdrehen, um sein Leben flehen, aber panische Angst lähmte ihn. Plötzlich wurde ihm klar, dass er tot wäre, bevor er etwas würde sagen können. Eine Ohnmacht vortäuschen und sich fallen lassen? Er hatte sich immer auf seine Sinne, seinen inneren Alarm verlassen können. Dieser schien ihn verlassen zu haben.

„Ich muss weg hier – jetzt!“, schrie es tief in seinem Innern, bevor der Blitz in ihm explodierte. Das Geschoss drang durch die Schläfe in seinen Schädel, der dem gewaltigen Druck nicht standhielt und platzte. Die enorme Wucht schleuderte ihn durch die Luft. Den dumpfen Aufprall auf dem Kiesweg spürte er nicht mehr. Das metallische „Plopp“, das aus dem Schalldämpfer der Mordwaffe entwich, ging im Chaos und dem panischen Geschrei der Trauergäste unter. Die Sportwelt war um einen Skandal und die Medien um eine Sensation reicher. Wo es Sieger gibt, muss es auch Verlierer geben. Sein Körper war noch warm, als bereits die ersten Nachrufe für diesen Ausnahmeathleten über die Nachrichtensender tickten und Reporter betroffen, aber wortreich das Unfassbare schilderten, während sie beteuerten, sprachlos zu sein.

Vom ausgetretenen Projektil verletzt schrien Menschen auf und gingen ebenfalls zu Boden. Die Menge flüchtete in panischer Angst den Ausgängen zu. Niemandem fiel der elegante Herr auf, der, scheinbar erschüttert auf dem Boden kauernd und von seinem Mantel verhüllt, das Handy des Erschossenen aufhob.

„Grüß JC von mir! Du wirst ihn bald treffen. P!“

„Das kann ich später noch löschen“, dachte er und ließ das Gerät in seiner Manteltasche verschwinden.

„Es ist vollbracht!“ Hinter der ernsten Maske schmunzelte er über seine großen Worte. In der Politik würden die Verletzten, um die er sich danach rührend kümmerte, als bedauerliche Kollateralschäden bezeichnet werden. In den Nachrichten war von mehreren unschuldigen Opfern die Rede.

Pikanterweise lag JCs letzte Ruhestätte nur unweit von derjenigen Jim Morrisons entfernt. Jims Grab wurde von vielen der Tausenden von Highschoolabgängern besucht, die jährlich innerhalb von zehn Tagen, bewaffnet mit Daddys Kreditkarte, durch Europa hetzten. In Zukunft würden sie nur einen kleinen Umweg auf sich nehmen müssen, um sagen zu können: „I survived Paris, Cimetière du Père-Lachaise!"

T-Shirts mit diesem Aufdruck tauchten noch im Verlauf der Woche in den Verkaufsregalen der Stadt der Liebe auf und wurden zum Renner des Sommers, der in diesem Jahr in Europa nur ein Gerücht gewesen war.

3. Juli 2007, Valencia, Spanien

„My way IV", Luxusjacht, 16.39 Uhr

Fassungslos starrte Palmer auf den enormen Bildschirm. Soeben hatten die Schweizer den America's Cup erfolgreich verteidigt. „Verdammte Verräter!", zischte er zwischen den zusammengepressten Zähnen hervor. „Das werdet ihr mir büßen!"

Seine manikürten Hände krallten sich in den Sessel aus feinstem Nubukleder, die Knöchel traten dabei weiß unter seiner von der Sonne gebräunten Haut hervor. In dieser Verkrampfung verharrte er reglos einige Sekunden und ließ den Kommentar der ebenfalls fassungslosen neuseeländischen Reporter über sich ergehen.

Er saß allein im luxuriösen Salon seiner 130-Meter-Jacht. Hier hätte seine Siegesfeier steigen sollen. Seine „Mitarbeiter" hatten ganze Arbeit geleistet und das Schweizer Syndikat in massive Schwierigkeiten gebracht. Aber Pech und – verdammt noch mal! – auch unglaubliche Dummheit hatten seine perfekten Pläne vereitelt.

Seine millionenschwere „Investition“ löste sich im unberechenbaren Mittelmeerwind vor Valencias neuem Jachthafen buchstäblich in Luft auf. Den Verlust des Geldes konnte er sich leisten. Trotzdem ärgerte es ihn. Unerträglich hingegen war der Gesichtsverlust. Im Club in Marbella hatte er mit maliziösem Lächeln verkündet: „Ich wette eine Bank auf einen 5 : 4-Sieg der Kiwis.“

Da er sonst für seine Diskretion und Unnahbarkeit bekannt gewesen war, hatte dieser Auftritt einigermaßen verblüfft und nun bereute er zutiefst, diesen Satz jemals über seine Lippen gebracht zu haben.

Immer noch starr vor Schreck spürte er, wie ihn ein Schatten aus rasender Wut umhüllte. Mit dem Brüllen eines verwundeten Raubtiers ergriff er die Single-Malt-Flasche aus dem Keller von Queen Victoria, die er für eine astronomische Summe bei Sotheby's ersteigert hatte, und schleuderte sie auf den Bildschirm. Wo gerade noch einmal die knappe Entscheidung zu sehen war, zerbarst zunächst die Flasche. Danach zuckte ein kleiner Lichtbogen auf. In den gewaltigen Lautsprechern knackte und wummerte es bedrohlich. Schließlich wurde es finster und still um ihn herum.

Nach wenigen Sekunden hörte er vom Deck hektische Schreie und schließlich wurde heftig an die massive Mahagonitür des Salons geklopft. Palmer fühlte, wie sein Puls sich wieder beruhigte, nahm sein kleines Wundergerät aus der Westentasche, hämmerte „Plan B“ in die beleuchtete Tastatur und schickte die Nachricht ins All.

Fünfzehn Sekunden nach dem Kurzschluss ging im Salon wieder das Licht an. Gleichzeitig trat Palmer an Deck, nickte dem nervösen Steward beruhigend zu und sagte knapp: „Richten Sie den Salon wieder her!“

Seine Gäste hatten das Rennen im Bordkino mitverfolgt und waren für die Entscheidung an Deck geströmt. Palmers Abwesenheit war keinem aufgefallen.

„Was für ein sagenhaftes Rennen!“, sagte dieser etwas zu laut und ging mit ausgebreiteten Armen und einem breiten Lächeln auf seine Gäste zu, die sich an die Reling drückten.

„Prost, meine lieben Freunde! Lasst uns gemeinsam zur Pokalübergabe gehen! Das Buffet soll auch nicht schlecht sein.“

Rennjacht SUI 1000, 16.42 Uhr

Gleichzeitig lag Seven seinem Arbeitgeber in den Armen und drückte ihn von Herzen. „Wir haben's geschafft, Seven, we did it again!“, sagte dieser herzlich.

„Das hätt aber bös ins Auge gehen können, Boss, eine Sekunde Vorsprung – crazy“, erwiderte Seven.

Eine kräftige Umarmung später war Mombelli schon beim nächsten Crewmitglied des siegreichen Teams, das aus Söldnern verschiedener Nationen gebildet worden war. Sie alle hatten das kleine Bergvolk, einstmals eine große Skination, in einen kollektiven Freudentaumel gestürzt. Jetzt konnte man sich stolz „Seglernation“ nennen.

Ausgerechnet in Spanien hatte man es geschafft. Dort, wo man sich anlässlich der Weltausstellung wenige Jahre zuvor mit dem Slogan „la Suisse n'existe pas“ lächerlich gemacht hatte, wobei der Zusatz „– donc je suisse!“ je nach Absicht unterschlagen wurde.

Man hatte die älteste und prestigeträchtigste Sporttrophäe der Welt als Titelverteidiger erneut gewonnen. Die Sportler lagen einander mit feuchten Augen in den Armen, als Seven ein leichtes Vibrieren in seinem Gehörgang registrierte. Palmer verlangte nach ihm. Seit dem Sieg waren gut drei Minuten vergangen. Während die Mitglieder des Sparringbootes SUI 999, die in einem Gummiboot längsseits angelegt hatten, die Jacht enterten, schlüpfte Seven unbemerkt in den Schacht, der zum raschen Einholen des Spinnakers diente.

Als er im engen Rumpf den Satellitenempfänger hinter einer Verstärkung aus Kohlefaser geborgen hatte und die Nachricht las, stockte ihm das Blut in den Adern.

„Plan B!"

Die Tränen in Sevens Augen verwischten die leuchtende Digitalschrift und waren kein Ausdruck von Freude mehr. Zwischen den rund fünf Tonnen von johlenden Menschen auf Deck und den vierundzwanzig Tonnen Blei der Kielbombe unterhalb des Bootes lag der einsamste Mensch der Welt. Das zwei Meter große und 130 Kilogramm schwere Muskelpaket Seven. Er, der Grinder, eingeklemmt im Rumpf des technischen Meisterwerks, weinte hemmungslos wie ein Kind.

Zu Anstrengung, Ohnmacht und Verzweiflung kam noch die Übelkeit. Seven kotzte sich die Seele aus dem Leib. Danach blieb er reglos und mit geschlossenen Augen in seinen eigenen Körpersäften liegen.

Langsam beruhigte er sich, kontrollierte seine Atmung, nahm die dumpfen Schläge wahr, mit denen der Bug die Kabelwellen durchschnitt.

„Du bist eine Katze, Seven, du hast sieben Leben!" So hatten ihn seine Spielkameraden schon als Kind halb bewundernd, halb spöttisch, bei sogenannten Mutproben immer rumgekriegt. „Ich habe sieben Leben! Ich habe sieben Leben!", redete er sich wie ein Mantra immer wieder ein.

Der Sportpsychologe des Teams hatte sie gezielt mit schwierigen Situationen konfrontiert und dabei waren alle anderen an ihre Grenzen gestoßen. Ein Lächeln umspielte seinen Mund, als er sich daran erinnerte, wie einige des Teams beim Bungee-

Jumping über die Staumauer die Hosen voll hatten und passen mussten. Für einen wie Seven musste der Kick schon etwas größer sein. Ihm konnte nichts etwas anhaben.

„Ich habe sieben Leben! Ich habe sieben Leben!“ Stakkatoartig, wie die Keulen eines Tempojongleurs, wirbelten die Silben durch sein Hirn und er geriet in Trance. Das monotone Schlagen der Wellen und das Gelächter und Gejohle an Deck, das in Fetzen zu ihm hinunter drang, beruhigten ihn und langsam kehrte er wieder in seinen Körper zurück.

„Plan B!“, durchzuckte es ihn wie ein eiskalter Blitz. Wie viel Zeit war schon vergangen? Seven ordnete seinen Verstand, ließ den Empfänger in seiner Hosentasche verschwinden, holte das kleine Röhrchen aus der Tasche und setzte es an seine Nase. Kurz darauf zog er sein Teamhemd aus und wischte damit die Sauerei auf.

Er zwängte sich erneut durch den Schacht und stellte überrascht fest, dass er kaum zwanzig Minuten unter Deck gewesen war. Sein Team war eben zur Triumphfahrt durch den Hafen gerufen worden. Wolken von Konfetti verhüllten das Boot. Seine Abwesenheit war niemandem aufgefallen. Nach den Champagnerduschen war er mit seinem nackten Oberkörper allenfalls ein Blickfang für die zahlreichen Zuschauerinnen. Das Hemd hatte er in einen Plastikbeutel gesteckt, darum würde er sich später kümmern.

Die Rennjacht wurde zum mit rotem Teppich ausgelegten Landesteg für den Sieger geschleppt. Seven erspähte Palmer auf der nahe gelegenen Ehrentribüne. Statt zu klatschen erhob dieser beide Hände und ließ sie mit offenen Handflächen schnell nach innen und außen rotieren, so wie man hörbehinderten Menschen Applaus spendet. Seven streckte beide Fäuste zum Himmel und nickte Palmer kurz zu. Er hatte die Nachricht erhalten, das Zeichen verstanden. Er musste handeln.

Nach wenigen Augenblicken war das Boot am Steg vertäut und die meisten Teammitglieder sprangen übermütig ins

Wasser. Einige Minuten danach stiegen alle zur Rampe hoch, von der aus wenig später jeder einzeln zur Ehrentribühne gerufen wurde. Dahinter wartete „Auld Mug“, der Pokal der Pokale, darauf, triumphierend in die Höhe gestemmt zu werden. Mit Ausnahme der Chefs wurden alle in alphabetischer Reihenfolge zum Podest gebeten.

JC Duval fehlte bei dieser Zeremonie, was Palmer in seiner Loge mit großer Befriedigung erfüllte. Gleichzeitig wurden im Team der Segler Sprüche geklopft und schlüpfrige Mutmaßungen über JCs Verbleib mit heftigem Gelächter quittiert. Palmer starrte gebannt durch sein Fernglas und bemerkte als Einziger die Luftblasen, die neben der verlassenen SUI 1000 aufstiegen. Mit einem zufriedenen Lächeln beugte er sich zu seiner jungen, bildhübschen Begleiterin und flüsterte ihr zärtliche Komplimente ins Ohr. Eva senkte den Blick schamhaft und errötete. „Wirklich eine tolle Schauspielerin!“, dachte Palmer fasziniert und spürte die Lust in sich hochsteigen.

Nach der feierlichen Pokalübergabe und den obligaten Reden ging die Crew, eng um den hochgestemmten Pokal gedrängt, zurück zur Rennjacht und ließ sich auf dem Weg zur Basis, wo sie mit einem Feuerwerk empfangen wurde, von der Menge feiern.

Zurück in der Basis brachte die Crew die Segel, Flaschenzüge und alles, was nicht niet- und nagelfest auf dem Boot montiert war, in jenen Bereich, der teamintern als „Top Secret“ bezeichnet wurde.

Basis, Port America's Cup, 17.25 Uhr

Für die Bosse des Teams fing nun der Medienmarathon an. Endlich hatte sich der prominente Schweizer Sportreporter durch die Menge zu Enrico Mombelli, dem Syndikatschef und Spitzensportler, gekämpft. Während Reporter Fredi, wie er von seinen Fans liebevoll genannt wurde, den charismatischen Mann etwas unbeholfen mit seinen Fragen konfrontierte, sah man im Hintergrund einen baumlangen, bärenstarken Kerl mit nacktem Oberkörper herankommen. Auf dessen muskulöser linker Schulter ruhte der Mastbaum. Sein mächtiger Bizeps spannte sich und die mit Schnörkeln verzierte „7“, die darauf tätowiert war, rückte kurz ins Bild. Das Ende des Baums verlor sich in der Menschenmasse, die den Rest des Hintergrunds bildete.

Der Mann verschwand aus dem Bildausschnitt, während der Mastbaum wie ein Werbebalken hinter Mombelli durchwanderte, der eloquent die Fragen beantwortete. Wie in einem Klassiker der Stummfilmzeit warteten die Zuschauer gebannt auf das Unvermeidliche. Ausgerechnet beim Logo der großen Schweizer Lebensversicherung erhielt Mombelli einen Schlag auf den Hinterkopf, der ihn kurzerhand aus dem Bild beförderte. Geistesgegenwärtig folgte der Kameramann dem nun auf dem Boden kauernden Mombelli und fing dessen grimmigen, ja wutentbrannten Blick ein. Als Nächstes blickte Mombelli direkt in die Kamera. Blitzschnell rückte er seine Teammütze, die vom Schlag etwas schief auf seinem Kopf hing, zurecht und lächelte mit erhobenem Daumen in die Kamera. „Nichts passiert!“, gab er dem Fernsehpublikum freundlich zu verstehen.

Hätte man sich nachträglich intensiver mit dieser Szene befasst, wäre klar gewesen, dass Fredi den Schlag mit großer Schadenfreude hatte kommen sehen. Die Boulevardreporter hätten voller Lust hämische Spekulationen in die Tastaturen gehämmert, wenn danach nicht eine wesentlich fettere Schlagzeile wie eine Bombe eingeschlagen hätte.

Im Hintergrung wurde die SUI 1000 langsam aus dem Wasser gehoben. Pablo, der Kranführer, war der Erste, der den Mann bemerkte, glaubte aber an einen Scherz.

„JC, du verrückter Kerl", lachte er kopfschüttelnd, als dessen markanter, glatt rasierter Schädel am Kiel des Bootes aus dem Wasser auftauchte. Es war immer wieder witzig, was sich dieser Komiker einfallen ließ. Nur schade, dass außer Pablo keiner diesen Gag zu bemerken schien.

Alle Augen waren auf den Pokal gerichtet, der wie die Marienfigur während einer Prozession leicht entrückt über den Massen schwebte. Bei der Befragung durch die Polizei gab der Kranführer später zu Protokoll, er sei zu weit entfernt gewesen, um zu realisieren, dass JCs Körper leblos am Kiel festgebunden war.

Im Nachhinein schämte er sich dafür, das Ganze für einen Scherz gehalten zu haben, und es dauerte lange, bis er nicht mehr an das Grauen im Moment des Erkennens dachte.

Als Pablo den Kran endlich stoppte, ragte die Kielbombe bereits zur Hälfte aus dem Wasser. JC stand aufrecht darauf, die Augen im Todeskampf aufgerissen, das Gesicht von Panik verzerrt.

Die Mörder hatten genügend Zeit und leichtes Spiel gehabt. Nachdem Seven triumphierend gebrüllt hatte, war er mit einem Jauchzer über Bord gesprungen, worauf es ihm der Rest der Crew gleichtat.

Es war für ihn ein Leichtes gewesen, zu JC zu schwimmen und gemeinsam mit ihm zu „feiern". Als Seven von einer Hand kräftig am Fußgelenk gepackt und sofort wieder losgelassen wurde, sagte er mit einem Zwinkern zu JC: „Lass dich umarmen, du Teufelskerl!“ Dabei ließ Seven die ganze Luft aus seinen Lungen strömen. Es fiel im Tumult nicht auf, als ihre zwei Köpfe untertauchten.

JC gluckste und lachte noch unter Wasser, weil er an einen Scherz glaubte. Zu spät und völlig perplex erkannte er die Gefahr, als Seven sich von ihm löste und er selbst gleichzeitig von insgesamt vier Tauchern an Armen und Beinen gepackt wurde. Verzweifelt und panisch versuchte er um sich zu schlagen, doch er war ohne Chance.

Während JC wenig unter ihm um sein Leben kämpfte, tauchten Sevens nasse Locken wieder auf der Wasseroberfläche auf. Palmer hatte ihm die nötige Dosis Schnee zukommen lassen. Keiner hatte bemerkt, wie er wenige Minuten zuvor das Röhrchen an die Nase gesetzt und das Kokain mit einem kräftigen Zug in seine Atemwege gewirbelt hatte. Die Wirkung war gewohnt stark gewesen und hatte ihm bei seiner tödlichen Umarmung geholfen.

„Ich habe sieben Leben!“ Er fühlte sich unsterblich! Ausgelassen feierte er mit den anderen weiter. An JC, den einzigen Freund, den er je gehabt hatte, wollte er nicht denken. Schließlich war er ein Verräter gewesen, von der Geschichte mit Dolores ganz zu schweigen. Daran hatte er noch gar nicht gedacht. Sie würde jetzt Trost brauchen. Plan B offenbarte einen bisher nicht bedachten Bonus und fing an, ihm zu gefallen.

Der stumme Schrei ging im Tumult unter. Der Kranführer sah Dolores wenige Meter von der Menschenmasse entfernt am Pier stehen. Sie zeigte mit ausgestrecktem Arm auf JC und schlug sich die Hände vors Gesicht. Danach schien sie vor lauter Lachen zunächst in die Knie zu gehen und kippte schließlich um. Einige in der Nähe stehende Zuschauer wurden auf sie aufmerksam und eilten herbei. Auch diese reagierten scheinbar belustigt und immer mehr Menschen wandten sich von Pokal und Feuerwerk ab und der Rennjacht zu, die sich langsam aus dem Wasser erhob. Erst jetzt merkte Pablo, dass keiner lachte.

Sofort stoppte er den Kran. Immer mehr Menschen lösten sich vom Pulk und rannten, wie von einem Magneten angezogen, zu der immer größer werdenden Gruppe um Dolores. Nach wenigen Sekunden brach das Chaos aus, welches von Kameras inmitten des Geschehens, aus einem Helikopter und vom Dach der Basis live in alle Welt übertragen wurde. Es dauerte keine fünf Minuten, bis die Exklusivbilder des kleinen Schweizer Staatsfernsehens für Millionenbeträge von Global Players wie CNN übernommen und live gesendet wurden.

„Next time try harder, you almost knocked me down!", scherzte Mombelli zu Alex, auf dessen Schulter das Ende des Mastbaums ruhte, und knuffte ihm seinen Ellenbogen freundschaftlich in die Seite. „Wer bremst, verliert!", zwinkerte dieser zurück, ballte die freie Hand zur Faust und streckte diese mit einem gewaltigen Jubelschrei in die Höhe.

Mombelli, bereit zur Fortsetzung des Interviews, stand neben Fredi, der dümmlich lächelnd zu ihm hochblickte. Die üblichen Gaffer im Hintergrund verhielten sich seltsam, schienen sich plötzlich für etwas zu interessieren, das sich in entgegengesetzter Richtung abspielte. Roberto, der Kameramann, reagierte am schnellsten. Er verließ seine Position und rannte der Masse instinktiv hinterher. Der Tontechniker fing gerade noch Fredis Fluch ein, bevor auch er hinter Roberto herstürzte.

Seine verwackelten Bilder erinnerten an die schrägen skandinavischen Dogma 95-Spielfilme, die ohne Stativ gefilmt werden mussten. Obwohl von der Regie schon längst ausgeblendet und mit wütenden Befehlen zurückbeordert, kämpfte Roberto sich, seiner Intuition folgend, durch die jetzt wieder dichter stehenden Menschen. Wenige Sekunden nachdem er mit seinem Sucher den auf dem Kiel festgezurrten JC ausgemacht hatte, wurde er wieder aufgeschaltet. Es war die Sensation!

In Tausenden von guten Stuben gellten gleichzeitig Schreie auf. Hektisch wurden Kinder von den Geräten weggezerrt, Unzählige verschluckten sich an den Getränken, an denen sie zur Feier oder zum Trost genippt hatten. Der erste erboste Anruf erreichte die Telefonzentrale des Schweizer Fernsehens gut dreißig Sekunden nach Ausstrahlung der Bilder. Zwei Minuten später brach das interne Telefonsystem des Senders zusammen.

JC war von den Tauchern in aufrechter Haltung mit Spanngurten am Kiel festgezurrt worden, während er noch um sein Leben gekämpft hatte. Verschnürt wie ein Paket, mit roten Bändern um Stirn, Schultern, Brust, Taille, Hüften und Knöchel stand er wie ein grausiges Denkmal auf der Kielbombe. Der Kameramann war auf einen Poller geklettert und hatte freie Sicht auf die gespenstische Szene. JCs Hände waren immer noch in den Gurt um seine Stirn gekrallt, von dem er sich in seinem Todeskampf zu befreien versucht hatte, bevor seine Lungen sich mit Salzwasser füllten. Kurz danach hatte er die Besinnung verloren. Er war schon auf dem Weg, als sein Herz zu schlagen aufhörte.

Polizeipräsidium Valencia, 17.30 Uhr

Ungläubig starrte Hauptinspektor Miguel García auf den Bildschirm. „Puta mierda! Das wird Ärger geben“, murmelte er kopfschüttelnd und er sollte recht behalten. Der Polizeiermittler war, wie viele Valencianer, zunächst nicht glücklich darüber gewesen, dass man wegen dieses Segelrennens Hunderte von Millionen Euro in einen neuen Jachthafen investiert hatte. Nach dem Rummel und dem großen Medienspektakel der vergangenen Monate jedoch war er nicht mehr sicher, ob sich das Ganze nicht vielleicht doch lohnen könnte.

García begeisterte sich für Fußball und hatte mit Segeln bisher nichts anfangen können. Wie viele andere seiner Kollegen musste er jedoch zugeben, dass auch er der Faszination des America's Cup erlegen war. Das Finale, mit seinem knappen Ausgang, war wirklich fantastisch gewesen. Polizei, Guardia Civil und die staatlichen Einheiten der Umgebung von Valencia waren seit mehreren Wochen in erhöhter Alarmbereitschaft gewesen. Das war die andere Seite der Medaille.

Die Anwesenheit von ranghohen Politikern und VIPs aus der Wirtschaft, nicht zuletzt aus arabischen Ländern, hatte in den vergangenen Tagen bei der Polizei zum Ausnahmezustand geführt. Seit Spanien den Krieg im Irak unterstützt hatte, war man von verheerenden Attentaten nicht verschont geblieben. Das Gebiet um den Hafen war weiträumig abgeriegelt worden. Wer zum Jachthafen gelangen wollte, wurde streng kontrolliert. García war als Chefermittler der Mordkommission vom Erstellen von Rettungsdispositiven, Evakuierungsplänen und sonstigen Vorbereitungen auf mögliche Katastrophen verschont geblieben. Viele seiner Kollegen stöhnten über die zusätzlich geleisteten Arbeitstage, worüber García nur lachen konnte. Seit über vier Jahren lag ihm seine Frau mit dem immer gleichen Anliegen in den Ohren: „Wann machen wir endlich gemeinsam mit unseren Kindern – Miguel, hörst du? Wir haben zwei Kinder – einen längeren Urlaub?"

Schon vor vier Jahren hatte García ihr versprochen, noch im gleichen Jahr einen Monat seiner Überzeit zu beziehen und diese ausgiebig mit der Familie zu verbringen. Dazu war es bisher noch nie gekommen.

„Soll ich ein Inserat aufgeben und jeden bitten, keinen Mord mehr zu begehen, weil ich in die Ferien möchte?", fragte er gereizt. „Du und dein Scheißjob hängen mir eines Tages zum Hals raus und dieser Tag ist nicht mehr allzu weit entfernt!", hatte sie gedroht. Sie hatte ja recht.

Nachdem Morales, sein damaliger Stellvertreter, im Dienst bei einem Schusswechsel getötet worden war, hatte man ihm Fuentes als neuen Stellvertreter zur Seite gestellt. Fuentes, der unfähige Schwiegersohn des Polizeipräsidenten, war bisher noch von jeder Stelle wegbefördert worden. Hier, ausgerechnet bei ihm, schien Endstation zu sein. Der nächste Karriereschritt hätte Fuentes zum unmittelbaren Mitarbeiter des Präsidenten gemacht und so weit mochte nicht einmal der gehen.

Während sich der Polizeipräsident und Fuentes, beide in ihrer protzigen Galauniform, am reichhaltigen Buffet gütlich taten und vom drohenden Unheil nichts mitbekamen, stand Miguel García gemeinsam mit seinen drei wichtigsten Mitarbeitern vor dem Fernseher des Besprechungsraums. Sie sahen die schrecklichen Bilder dieser unverschämt zur Schau gestellten Leiche und den Tumult, der rundherum herrschte.

Man erkannte drei Polizisten in Uniform, die sich langsam durch den Strom von Leibern kämpften. Die Nachricht des unfassbaren Ereignisses verbreitete sich zwar wie ein Lauffeuer, hatte jedoch die Einsatzleitung vor Ort noch nicht erreicht. Wie immer in solchen Situationen hatte jeder zu seinem Handy gegriffen, um die Sensation umgehend weiterzuleiten. Nach kurzer Zeit waren sämtliche Mobilfunknetze rund um den Hafen zusammengebrochen.

„Besorg mir bitte eine Verbindung zur Einsatzleitung, Manolo!", sagte García zu Ramírez, der in Richtung Zentrale verschwand. „Offensichtlich müssen wir einen Mord aufklären und die ganze Welt schaut uns dabei zu", meinte er zu Joaquín Ortega, dem drahtigen Polizeileutnant, und Carmen Fernández, die vor Kurzem, frisch von der Polizeiakademie, zu Garcías Team gestoßen war.

„Welche Sofortmaßnahmen stehen an?", fragte García seine kleine Runde. Nach kurzer Diskussion definierte man das Abriegeln des Tatorts, das Aufbieten der Spurensicherung und das Vorbereiten der Einvernahmen als dringend. Um die Volksmenge und die Medien würden sich die Kräfte vor Ort kümmern müssen.

„Joaquín, bestell mir das ganze Karussell in die Basis der Alpensegler!“, bat García, worauf Ortega unverzüglich in sein Büro eilte und Alarm auslöste. In gut fünf Minuten würden aus der gesamten Umgebung von Valencia zivile Einsatzfahrzeuge mit Sirenengeheul und Blaulicht in Richtung Hafen rasen.

In der Zwischenzeit war Ramírez mit vier Funkgeräten aus der Zentrale zurückgekehrt. Den Einsatzleiter vor Ort hatte er in groben Zügen informiert.

„Wir müssen sofort das Boot einwassern, damit man diesen Toten nicht mehr sehen kann!“, brüllte dieser ins Funkgerät, nachdem García sich gemeldet hatte.

„Nein“, antwortete García bestimmt. „Erstens verlieren wir so möglicherweise wichtige Spuren und zweitens sieht uns die ganze Welt dabei zu, wie wir eine Leiche versenken“, begründete García seinen Standpunkt ruhig.

„Was schlägst du also vor, Miguel?“

„Die Teams haben extra Schürzen, die man an den Booten festmachen kann, damit niemand den Kiel sehen kann. Die müssen unverzüglich montiert werden. Schick Blanco los, ich sehe auf meinem Bildschirm, dass er in unmittelbarer Nähe der Basis steht!“

„Hast du gehört, Blanco? Übernimm das bitte!“, verfügte der Chef vor Ort. „Wird erledigt“, antwortete Blanco. „Soll jemand die Leute vom TV stoppen?“, fragte der Einsatzleiter weiter.

„Nein, sie sollen so lange wie möglich draufhalten. Damit helfen sie uns, die Übersicht zu bewahren. Sieh zu, dass die vielen Menschen vom Pier wegkommen! Meine Leute sind unterwegs zur Basis. Schick mir einen Hubschrauber her, damit wir nicht im Verkehr stecken bleiben! Wir warten inzwischen hier vor dem Bildschirm und koordinieren den

Einsatz. Besorg dir Zugang zu den Lautsprechern! Fordere die Menschen auf, ruhig und möglichst rasch das Hafengelände zu verlassen! Panik können wir keine gebrauchen."

„So werden aber auch die Mörder entkommen", protestierte der Kollege.

„Deine Leute sollen bei den Ausgängen die Augen offenhalten und Stichproben durchführen. Speziell sollen sie Leute mit großen Taschen im Auge behalten. Zudem müssen sie Adressen von möglichen Zeugen aufnehmen. In dreißig Minuten werden wir einen vorläufigen Kommandoposten in der Basis eingerichtet haben. Dort werden wir uns um 18.10 Uhr zu einem ersten Rapport treffen. Informier die Medien, dass wir um 18.45 Uhr eine Pressekonferenz durchführen werden! Macht's gut!", beendete García die Verbindung.

„Danke, gleichfalls."

Port America's Cup, 17.40 Uhr

Inzwischen hatten sich ungefähr ein Dutzend Beamte zwischen der Menschenmasse am Pier und der Leiche postieren können. Aus der Vogelperspektive der Helikopterkamera sah man, wie sich ein Wurm durch die Menge in Richtung Rennjacht pflügte. Blanco hatte ganze Arbeit geleistet und lieferte mit der Crew des Ersatzbootes SUI 999 die bestellte Schürze.

Roberto, der Kameramann, stand immer noch auf seinem Poller und zoomte die Gesichter der Männer heran, die sich mit der Schürze auf den Schultern durch ein Spalier von

Gaffern kämpften. Blanco hatte die Sportler zuvor kurz instruiert und ihnen dabei dringend geraten, nicht zum Kiel zu sehen, damit sie ihre Aufgabe möglichst ohne Ablenkung erledigen könnten.

Die meisten blickten starr weg von JC. Die wenigen, die trotzdem hinschauten, hielten dem Mix aus Strapazen, Adrenalin, Alkohol und Schock kaum stand, einige sackten in sich zusammen. Roberto konnte nicht glauben, was er filmte. Es war der Traum eines jeden Kameramannes. Die exklusive Übertragung einer Tragödie, Emotionen pur.

Als die reduzierte Truppe das Deck erreicht hatte, saß jeder Handgriff. Mit der Präzision eines Uhrwerks ergänzte eine Bewegung die andere und innerhalb einer Minute fiel JCs letzter Vorhang. Die Schürze war gesetzt und nahezu eine Milliarde TV-Zuschauer rund um den Globus, die sich inzwischen eingeschaltet hatten, konnten endlich aufatmen.

Die Schweizer waren ihrem Ruf, gute Geschäftsleute zu sein, einmal mehr gerecht geworden. Jeder TV-Sender, der etwas auf sich hielt, wollte die Bilder zu astronomischen Minutenpreisen haben. Diese halbe Stunde hatte dem staatlichen Sender Gelder in die Kassen gespült, die den Jahresetat übertrafen. Roberto konnte sich auf einen saftigen Bonus freuen.

Dolores hatte JC seit der Pokalübergabe überall gesucht, hatte nach ihm gefragt und war immer nervöser geworden. Sie hatte ihn überraschen wollen und dann war er nirgends zu finden gewesen. Die anderen hatten sie in der ausgelassenen Stimmung nicht ernst genommen, zumal jeder wusste, dass JC, wenigstens bevor die Sache mit Dolores ernst geworden war, vielen Frauen nachgestellt hatte. „Der taucht schon wieder auf“, hatte jemand schon früh den Nagel auf den Kopf getroffen.

Dolores war mehrmals vom Pier bis hoch aufs Dach der Basis und wieder zurück geeilt und schließlich erschöpft auf einem Poller sitzen geblieben. „Lass uns feiern gehen, Dolores! Was tust du noch hier?“ Müde und enttäuscht hob sie den

Kopf und schaute den zwei Arbeitern nach, die sich ins Festgetümmel stürzten.

„Jetzt fang nicht an zu heulen, heute ist unser Glückstag!“, dachte die junge Frau, als sie fühlte, wie die Tränen in ihr hochzusteigen drohten. „Vielleicht sollte ich wirklich mitgehen und endlich anfangen zu feiern. Ich überrasche ihn dann, wenn wir etwas mehr Zeit haben“, versuchte sie sich zu beruhigen, nahm das Täschchen, das Mombellis Frau ihr zu Weihnachten geschenkt hatte, und machte sich fein. „Vamos!“, sprach sie sich selbst Mut zu und erhob sich.

Am Rand ihres Blickfelds hatte sie wahrgenommen, wie die Jacht aus dem Wasser gehoben wurde. Ein letztes Mal wollte sie schauen, ob JC nicht doch irgendwo zu finden war.

„Da bist du ja endlich! Wo hast d…“, blieb ihr das Wort in der Kehle stecken, die das Entsetzen zuschnürte.

Auch sie hatte eine Sekunde lang an einen Scherz gedacht. Als sie aber die kleinen Krebse sah, die sich über JCs geöffnete Augen hermachten, erstarrte sie. Dolores versuchte zu schreien, brachte jedoch nur ein klägliches Wimmern über die Lippen, sank in die Knie und kippte um.

Am ganzen Körper zitternd und von Schreikrämpfen geschüttelt, lag sie auf dem Boden und sah dabei ihren Geliebten durch ein Meer von Tränen immer höher aus dem Wasser aufsteigen.

„Du wirst Vater!“, schluchzte sie gurgelnd, kugelte sich zusammen und hielt krampfhaft ihren Bauch fest. Zentimeter unter ihren Händen, zunächst von niemandem bemerkt, hatte knapp zwei Wochen vorher ein winziges Herz angefangen, Blut durch einen aberwitzig schnell wachsenden Organismus zu pumpen. Am Morgen war der Streifen des Schwangerschaftstests, den sie am Tag zuvor gekauft hatte, blau geworden und sie hatte es fast nicht erwarten können, JC ihr kleines Geheimnis endlich zärtlich ins Ohr flüstern zu können.

Den Blick unverwandt auf JC gerichtet, fühlte sie, wie sich eine große Last auf ihre Brust legte. Wenig später zuckte sie zusammen und ein schneidender Schmerz fuhr wie ein Schwerthieb in ihren Bauch. Dolores wusste, dass sie alles verloren hatte, spürte, wie sie in einen tiefen Abgrund stürzte, und verlor die Besinnung.

„Hast du JC gesehen, Seven?", hatte sie ihn gefragt und ihn mit geröteten Wangen angelächelt. „Nein, aber ich komm und helf dir suchen, sobald der Baum verstaut ist", hatte er geantwortet, worauf sie in Richtung Pier geeilt war. Es hatte einige Minuten gedauert, bis alles an seinem Platz gewesen war.

Auf dem TV-Bildschirm in der Halle, wo sie die Segel lagerten, sah Seven plötzlich Dolores auf dem Boden liegen. Wie ein Berserker stürzte er sich durch die Menge und kämpfte sich zu ihr durch.

„Nicht mehr hinschauen, Dolores!", flüsterte Seven zärtlich, als er hinter ihr in die Knie ging, seine Arme sanft unter ihrem Gesäß und ihren Schultern durchschob, sie vorsichtig anhob und behutsam durch die Menge trug. Viele Menschen starrten ihn entgeistert an, doch Seven schaute mit glasigen Augen durch sie hindurch und presste Dolores fest an sich, die immer noch schlaff auf seinen starken Armen lag. Erst als Seven mit ihr in die große Halle trat, bemerkte er, dass ihr Rock blutüberströmt war.

„Holt einen Arzt – schnell!", schrie er die spanischen Helfer an, die mit dem Aufhängen der Segel beschäftigt waren. Zitternd und flehend legte er Dolores auf einen Massagetisch. „Nicht sterben, meine Liebste, bleib bei mir, verlass mich nicht!", flehte er sie an. Er fühlte ihren Puls, bettete ihren Kopf auf ein Frottiertuch des Hauptsponsors und deckte sie mit einem ebensolchen zu.

Es schien eine Ewigkeit zu dauern, bis der Teamarzt mit seinem Köfferchen erschien und Dolores unter seine Obhut nahm. An diesem Tag sollten noch einige Ambulanzen vom Hafen zu den umliegenden Spitälern rasen. In der ersten lag Dolores, die nicht mehr spürte, wie das Leben langsam aus ihr strömte, während die Ärzte um sie herum verzweifelt darum kämpften, ebendies zu verhindern.

„Achtung, Achtung, hier spricht die Polizei! Wir bitten alle Besucher, das Hafengelände zu räumen. Wegen eines tragischen Unglücks werden sämtliche Festivitäten umgehend gestoppt. Es besteht keine Gefahr. Wir bitten Sie, den Hafen ruhig zu verlassen und allfällige Polizei- und Rettungseinsätze nicht zu behindern. Bei den Ausgängen stehen Beamte. Sollten Sie ungewöhnliche Beobachtungen gemacht haben, wenden Sie sich bitte an die Beamten und hinterlassen Sie Ihren Namen sowie Ihre Adresse! Falls wir uns in den nächsten zwei Tagen nicht bei Ihnen melden sollten, rufen Sie uns bitte im Präsidium an! Besten Dank und allen eine gute Heimreise!

An alle akkreditierten Medienvertreter: Die Pressekonferenz findet um 18.45 Uhr im Medienraum der Schweizer Segelbasis statt. Ich wiederhole ..."

Provisorischer Kommandoposten, Port America's Cup, 19.05 Uhr

Er blickte starr vor sich hin und schüttelte ungläubig den Kopf. Das Ganze war sogar für ihn zu viel. Nach der erfolgreichen Zieldurchfahrt war die ganze Last von ihm abgefallen. Eine große Freude, aber gleichzeitig auch ein Gefühl der Leere hatte von ihm Besitz ergriffen. Er war froh gewesen, die Mitglieder seiner Crew herzhaft umarmen zu können. Er konnte wirklich einiges wegstecken, aber die vielen unerklärlichen

Zwischenfälle der ganzen Matchserie, die heftigen Diskussionen und die enormen Erwartungen, welche die Öffentlichkeit und nicht zuletzt er selbst an sich und das Team gestellt hatten, waren an der Grenze gewesen.

Die Nachricht von JCs Ermordung und die grausamen TV-Bilder, die im festlich hergerichteten Konferenzsaal der Basis auf Großleinwand zu sehen gewesen waren, fegten wie ein Wirbelsturm durch die Partygäste. Blitzartig herrschte betroffenes Schweigen – zusammen mit dem Fest- und Feuerwerkslärm, der von außen hereindrang, baute sich eine unerträgliche Spannung auf, die sich nach endlos langen Sekunden durch das wehklagende Aufschreien eines Kindes endlich löste.

Zum ersten Mal seit über dreißig Jahren, als er am Grab seiner geliebten Großmutter hemmungslos geweint hatte, wurde Mombelli von gewaltigen Gefühlen erfasst und ließ seinen Tränen ungehindert ihren Lauf. Nach einigen Augenblicken fühlte er, wie sich jemand neben ihn setzte, die Arme um seinen gebeugten Oberkörper schlang und ihn fest an sich drückte. Seine Frau! In der Öffentlichkeit hatte er es bisher vermieden, eine derartige Nähe zu ihr zuzulassen. Jetzt ließ er es geschehen und eine Woge von Emotionen stieg erneut in ihm hoch. Er erinnerte sich plötzlich daran, wie seine Großmutter, wenn ihm als Kind übel gewesen war, ihn genau so festgehalten und dabei seine Stirn beim Erbrechen tröstend und Halt gebend gestützt hatte. Die aufsteigende Übelkeit konnte er bezwingen. Das schöne Gefühl der Nähe und des Trosts, das von der Frau an seiner Seite ausging, blieb.

„Entschuldige, wenn ich mich in letzter Zeit manchmal wie ein Idiot benommen habe!“, flüsterte er mit gesenktem Kopf. „De rien, mon amour. Je t'aime“, hauchte sie in sein Ohr. Endlich hob er seinen Blick. Auch ihre Augen waren von Tränen gerötet. Er breitete seine Arme aus und sie hielten sich lange fest und wiegten einander tröstend sanft hin und her …

„Haben Sie meine Frage gehört, Señor?“, fragte García den mächtigen Teamchef, der in Gedanken versunken und den Blick in weite Ferne gerichtet wie ein Häufchen Elend vor ihm saß.

„Was haben Sie gesagt?“

„Ich habe Sie gefragt, ob Sie einen Anwalt möchten, und Sie darauf aufmerksam gemacht, dass diese Einvernahme gefilmt, aufgenommen und protokolliert wird.“

„Ja – ich meine, nein. Ich brauche keinen Anwalt und ich weiß, dass dieses Gespräch aufgezeichnet wird. Entschuldigen Sie, das Ganze hat mich sehr mitgenommen und ich habe unseren Arzt gebeten, mir etwas zur Beruhigung zu geben!“

„Sind Sie in der Lage, meine Fragen zu beantworten, oder sollen wir Sie später …“

„Nein, ich möchte es hinter mich bringen. Ich möchte den ganzen Tag hinter mir lassen – es hätte einer der schönsten Tage meines Lebens sein können – let's talk!“

„Was für ein Verhältnis hatten Sie zu Jean Claude Duval?“

„JC“, sagte er und zögerte, „war einer meiner wichtigsten Mitarbeiter bei diesem Projekt, ein prima Kamerad und unser Teamclown. Er ist – war – excusez-moi …“ Erneut wurde er von seinen Gefühlen übermannt.

„Was war er?“

„Er war für das Team ungeheuer wichtig, jeder hatte ihn gern.“

„Können Sie sich vorstellen, wer einen Grund gehabt hätte, ihn auf eine so bestialische und kaltblütige Art umzubringen?“

„Nein.“

„Hatte JC Freunde beim Team des Gegners?“

„Viele meiner Angestellten kommen aus Neuseeland. Sie sind und waren mit den meisten der gegnerischen Mannschaft gut befreundet. JC war zwar Franzose, hat jedoch auch bei den Kiwis zum Segeln gefunden. Ja, auch er hatte Freunde beim anderen Team.“

„Hat Sie das gestört?“

„Wie meinen Sie das?“

„Hatten Sie keine Zweifel an der Integrität Ihrer Teammitglieder oder besser gesagt an der Loyalität von JC?"

„Wie ich schon sagte. JC war ... Sie glauben doch nicht etwa, dass ich ... Ich will meinen Anwalt sprechen."

„Wie Sie meinen, Señor." – „Ende der Einvernahme: 3. Juli 2007, 19.20 Uhr. Der Zeuge Mombelli wird morgen um 10.00 Uhr zur Fortsetzung der Einvernahme ins Polizeipräsidium vorgeladen." García schaltete das Gerät aus, nickte dem Protokollführer zu und wandte sich Mombelli zu: „Das Ganze tut mir sehr leid. Nehmen Sie es nicht persönlich, aber ich muss berufshalber jedem misstrauen!"

„Jeder tut, was er tun muss. Kann ich jetzt gehen?"

„Ja, eine gute Nacht wünsche ich Ihnen – und –"

„Ja?"

„Herzliche Gratulation für den tollen Wettkampf! Das war wirklich großartig."

„Danke", hauchte er und nickte García müde und mit geschlossenen Augen zu.

„Gute Nacht!"

„Wie haben Sie sich kennengelernt?", fragte Carmen den Hünen, der ihr gegenüber saß. Eigentlich gefiel er ihr ganz gut. Sie war 25 und mochte Männer, die älter waren als sie. Einige der Milchbubis auf der Polizeiakademie hatten zwar versucht, bei ihr zu landen, aber da war nichts zu machen gewesen. Bei diesem Mann hätte sie unter anderen Umständen schwach werden können.

„Wir – haben uns hier im Team kennengelernt."

Sevens Blick konnte ihrem nicht standhalten. Unruhig wanderten seine Augen durch Raum und Zeit. Für Carmen hatte er etwas von einem gehetzten, in die Enge getriebenen Tier an sich. „So, Señor Jones?"

„Bitte nenn mich Seven, Süße!"

„Wir sind hier nicht an einer Strandbar in Pattaya, Mister Jones, und damit auch nicht per Du. Sie können mich mit Señora oder Korporal Fernández ansprechen."

„Ist gut, Süße." Seven wagte nun einen längeren Blick und trotz seiner dunklen Augen fiel ihr auf, dass die Pupillen zu groß waren. Ein kurzer Blick zu ihrem Kollegen, der das Protokoll führte, machte diesen wachsam.

„Señor Jones, ich mache Sie darauf aufmerksam, dass Sie mich betreffend der Bekanntschaft mit Jean Claude Duval angelogen haben", wobei sie ihm ein über fünfzehn Jahre altes Bild unter die Nase hielt, das ihr ein Kollege während der Einvernahme hereingebracht hatte.

Darauf waren Seven und JC als 25- beziehungsweise 23-Jähriger zu sehen. Sie hielten einander an den Schultern fest und grinsten breit in die Kamera. Das Bild zeigte eine Titelseite des größten neuseeländischen Sportmagazins. Darunter stand in großen Lettern:

„Bad boys trained by the Foreign Legion, now fighting together for the America's Cup Team New Zealand." (Von der Fremdenlegion trainierte schwere Jungs kämpfen gemeinsam fürs neuseeländische America's-Cup-Team.) Die Zeitung war am Freitag, dem 22. November 1991, erschienen.

„Du wirst mir hier keinen Mord anhängen, meine Liebe."

Erstaunlich schnell war Seven auf den Beinen und versuchte sich über den Tisch auf sie zu stürzen. Carmen, in mehreren Disziplinen asiatischer Selbstverteidigung geschult und wettkampferprobt, hätte gegen den ebenfalls in Nahkampftechnik ausgebildeten Athleten unter normalen Umständen keine Chance gehabt. So konnte sie jedoch Sevens Schwung ausnutzen und fixierte seinen Arm auf der Tischplatte, sodass er über den Tisch stürzte und unsanft auf den Boden krachte.

Das Geräusch hörte sich für ihn an, als ob in seinem Schultergelenk ein mächtiger Klettverschluss auseinandergerissen worden wäre. Das Knacken in seinem Oberkörper erfolgte in der Rotation des ganzen Schwungs Sekundenbruchteile später, als er mit voller Wucht auf dem Boden aufschlug. Eine der gebrochenen Rippen bohrte sich in den Körper und verletzte den linken Lungenflügel. Carmen und ihr Kollege standen mit gezogenen Waffen über ihm, doch die enormen Schmerzen hatten Seven überwältigt. Er lag mit ausgerenkter Schulter, gebrochenen Rippen und einer verletzten Lunge reglos unter ihnen. Wie Dolores wenige Stunden zuvor hatte auch er das Bewusstsein verloren.

„My way IV", Luxusjacht, 20.45 Uhr

„Welche Ironie, was für ein schönes Geschenk!", dachte Palmer, als er sich später die grausigen TV-Bilder auf Video anschaute. „Seven kommt ins Bild, verschwindet, Mombelli verliert das Gleichgewicht und wird doch noch in die Knie gezwungen und JC? ... nimmt ein letztes Bad in der Menge!", lachte Palmer schallend heraus und klopfte sich zufrieden auf die Schenkel.

Ein Bild aus seiner Vergangenheit holte ihn ein: Todesursache „Lungenspülung", erinnerte er sich an ein Spiel, das er jeweils mit Eva im Pool gespielt hatte, als diese noch ein Kind gewesen war.

Ein angenehmes Kribbeln stieg in ihm hoch, als er zum Hörer griff und Evas Nummer wählte. „Hast du das Paket abgeholt?"

„Ja klar."

Natürlich hatte er es bereits gewusst. Schließlich waren seine Aktionen wegen des teilweise enormen Risikos in der Regel doppelt gesichert.

„Ich hab Lust auf dich. Komm her und bring das Paket mit!", flüsterte er in die Muschel und legte auf. „Nicht gerade die beste Anmache, aber was soll's?", dachte er verbittert. Palmer war auch im Business nicht gewohnt, mehr Aufwand zu betreiben als nötig. Eva gehörte ihm und sie beide wussten das.

Wie immer, wenn er sie zu sich bestellte, schluckte er eine blaue Pille und zog sich eine Linie rein. Er hatte als Kind ein Internat in St. Moritz, einem Nobelkurort in der Schweiz, besucht und dort schon früh die angenehmen Seiten des Lebens kennen- und schätzen gelernt. St. Moritz war wenige Tage zuvor in die Schlagzeilen geraten, weil es neben New York und anderen Metropolen im Kokainkonsum pro Kopf einen Spitzenplatz belegte. „St. Moritz: Pulver gut!“, hatte er geschmunzelt, als er die Meldung im Radio gehört hatte. Diese Assoziation und die Wirkung von Pulver und Pille verbreiteten ein wohliges Gefühl, das seinen Körper durchströmte.

Eva hatte sich von hinten an ihn herangeschlichen und schnurrte leise in sein Ohr.

„Nimm eine Havanna, mein Kätzchen, ich habe Lust darauf, meine Zigarre so zu rauchen, wie Bill im Weißen Haus!“, sagte er zu ihr und biss sie zärtlich ins Ohrläppchen. Lässig zündete er den zusammengerollten 500-Euro-Schein an, der zuvor noch seine Nase gekitzelt hatte, und entflammte damit die handgerollte Havanna, die Eva ihm reichte. Der Abend war gerettet. Wäre er aufmerksamer gewesen, hätte er in Evas Augen die Angst, den Ekel und den abgrundtiefen Hass gesehen. Sie hoffte nur, dass er sie nicht wieder quälen würde.

Universitätsklinik Valencia, 21.00 Uhr

Seven lag in der Universitätsklinik von Valencia im OP 3. Seine Verletzungen waren weniger schlimm, als zunächst befürchtet. Die Schulter wurde unter Narkose eingerenkt. Gemeinsam hebelten zwei Ärzte mit ihrer ganzen Kraft das Schultergelenk wieder an seinen Platz zurück.

Davor hatten die Ärzte die Lunge untersucht. Wie sich gezeigt hatte, war sie nur leicht verletzt worden und die Chancen standen gut, dass der Körper selbst damit fertig werden würde. Nachdem sichergestellt worden war, dass keine akute Gefahr mehr drohte, schob man Seven in die Intensivstation. Dort verbrachte er, vom Personal umsorgt und von der Polizei als Tatverdächtiger bewacht, eine schmerzhafte Nacht.

Während Sevens Operation kämpfte im OP 2, nur eine Tür weiter, ein Team von Gefäßchirurgen und Gynäkologen um die Leben von Dolores und ihrem Kind.

„Wenn es ein Junge wird, soll er JC heißen", hatte sie ihren Geliebten necken wollen. „Jean Claude? Ich glaubte, wir seien uns einig gewesen, in Spanien zu bleiben", würde JC verwundert geantwortet haben. „Juan Carlos – Juanito Carlito soll er heißen!", wäre sie ihm lachend um den Hals gefallen.

Tatort, Port America's Cup, 21.00 Uhr

„Brauchst du mich noch, Miguel?", fragte die Pathologin, nachdem sie JC auf der Kielbombe ein erstes Mal notdürftig begutachtet hatte. „Auf diesem Ei kannst du von mir ja wohl keine Resultate erwarten." – „Ich wollte bloß, dass du genau siehst, wie wir den Toten angetroffen haben." – „Danke, ich hab's im Fernsehen ebenso gut gesehen. Diesen Eiertanz hätte ich mir sparen können. Wenigstens die Todeszeit kann ich dir auf fünf Minuten genau geben. Irgendwann zwischen dem Anlegen des Bootes am Steg vor der Ehrentribüne und der Pokalübergabe."

„Weshalb weißt du das so genau?", fragte García verblüfft. „Weil ich, vielleicht habe ich es noch nicht erwähnt, vor dem Fernseher saß, als sich das ganze Spektakel ereignete."

„Hallo zusammen!" Fuentes stand in seiner Galauniform wie ein Admiral am Bug des Gummibootes und hielt die Schürze, welche den Toten verbergen sollte, hoch über seinen Kopf. Hinter ihm zuckte sofort ein Blitzlichtgewitter der Pressefotografen auf. „Lass den scheiß Vorhang fallen, Fuentes!", herrschte García ihn an.

„Weshalb muss der Mord genau in dieser Zeit passiert sein?", kehrte García zur Pathologin zurück. „Es kann nicht anders gewesen sein. Nach der Zieldurchfahrt wurde das Boot in den Hafen geschleppt. Während der ganzen Zeit waren immer mindestens drei Kameras darauf fokussiert. Erst als die geschlagenen Neuseeländer geehrt wurden, waren alle Blicke vom Schweizer Boot abgewandt."

„Das ergibt Sinn. Fuentes, geh zum Regiewagen der Produktionsfirma und verlange die Bänder sämtlicher Kameras!

Auch diejenigen der fix installierten Kameras an Bord." – „Mit welcher Begründung soll ich das tun?" – „Herrgott noch mal! Wir müssen einen Mord aufklären." – „Schon gut, schon gut. Entschuldigung!" Fuentes deutete dem Bootsführer mit einem Nicken an, dass er wünschte, an Land gebracht zu werden. Erneut hob er die Schürze hoch über den Kopf, zuckte jedoch sofort zusammen und ließ los, nachdem die Blitzlichter erneut auf ihn niedergeprasselt waren.

„Wann gibst du diesem Idioten endlich einen Tritt in den Hintern?", fragte die Ärztin ungerührt. „Mit welcher Begründung soll ich das tun?", äffte sie Fuentes nach. „Presidente", seufzte García, indem er die Arme ausstreckte und dazu vielsagend die Augen verdrehte.

„Wie kannst du eigentlich wissen, dass der Mann nicht schon tot war, als er dort unten montiert wurde?"

„Leg dein Ohr auf seinen Brustkasten und klopf mit einem Fingerknöchel auf seine Brust!"

„Wie klopft man mit dem Fingerknöchel?", wurde Fuentes von García parodiert.

„Wie man an eine Tür klopft, mein lieber Fuentes", spielte die sonst so trockene Ärztin das Spiel mit, worauf García den Zeigefinger nahm, den Toten wie eine Tür musterte, wie auf eine Klingel auf den Bauchnabel drückte und darauf wartete, dass jemand öffnete.

„Genug gelacht. Lass uns fortfahren!", war die Pathologin wieder ganz die Alte. García legte das Ohr auf JCs Brust und klopfte. „Ich höre nichts. Klingt irgendwie dumpf." „Eben", erwiderte die Ärztin.

„Was sollte ich denn hören?", fragte García und wollte schon sein Ohr an den Busen seiner Kollegin legen. „Untersteh dich! Jetzt ist es wirklich genug mit Rumalbern", drückte sie seinen Kopf von sich weg und hielt ihm ihr Stethoskop hin.

„Klingt wirklich anders", meinte García, nachdem er das Gerät an seine Brust gesetzt und darauf geklopft hatte. „Irgendwie dumpf. – Wasser in der Lunge?" „Sag ich ja!", antwortete die Ärztin genervt.

„Im Gegensatz zu mir scheint er Mühe mit dem Puls zu haben", grinste er sie nach einer Weile an.

„Hast du eigentlich überhaupt keinen Anstand und Respekt mehr?", fragte sie ihn wütend und stemmte ihre Hände in die Hüften. „Da ist mir ja noch Fuentes lieber." Böse blickte sie ihn an.

Nach einer kurzen Pause erklärte García verlegen: „Ich bin heut nicht besonders gut drauf und ..."

„Lass mich mit deinen Problemen in Frieden!"

„Schon gut, schon gut. Entschuldigung!", schämte er sich.

„Machst du schon wieder Fuentes runter?"

Verwirrt starrte er sie an.

„Ich verzeihe dir", sagte sie und kniff ihn sanft in die Backe. „Danke", erwiderte er und lächelte sie an.

„Entschuldige auch du, mi amigo!", sagte er zu JC. „Ich werde alles dafür tun, um die Schweine zu finden, die dir das angetan haben. Das verspreche ich dir!"

„So gefällst du mir wieder. Ich bin hier fertig", zwinkerte sie ihm freundlich zu. Gemeinsam stiegen sie ins Gummiboot und setzten zum Pier über. „Morgen Mittag hast du den Bericht auf deinem Schreibtisch", verabschiedete sie sich von ihm.

„Die Spurensicherung kann in der Halle der Basis weitermachen", rief García dem Chef der Spurensicherung zu und ging zurück zur Basis. Zuerst mussten noch alle angefangenen Befragungen beendet und diejenigen vom nächsten Tag organisiert werden. Es mussten noch tausend Dinge getan werden, bevor sie endlich Feierabend machen konnten.

„Wie sag ich's meiner Frau?", murmelte er abwesend. „Wieder nichts mit Ferien."

4. Juli 2007

Polizeipräsidium Valencia, 10.00 Uhr

„Was soll das heißen? Weshalb kommt er nicht?“ Mit offenem Mund lauschte García am Telefon. Der Polizeipräsident erklärte ihm, dass man den Präsidenten des Schweizer Segelsyndikats nicht einfach wie einen Verbrecher ins Präsidium bestellen könne, weil man in Valencia trotz allem bereits an die nächste Austragung des America's Cup denken müsse. Das Siegerteam bestimme den Ort und das Reglement allein, brauche dafür lediglich die Zustimmung des ersten Herausforderers. Da dies ein Team mit ausgezeichneten Kontakten zu den Schweizern sei, könne man davon ausgehen, dass es zu jedem Austragungsort nicken würde. (Natürlich konnte damals noch niemand wissen, dass ein schlechter Verlierer mit der Hilfe eines US-Gerichts auch noch ein gewichtiges Wort würde mitreden können.) Man wolle diesen Anlass um jeden Preis in Valencia behalten und müsse deshalb die Ermittlungen äußerst diplomatisch und rücksichtsvoll durchführen. Mombelli sei selbstverständlich bereit zu kooperieren und werde mitteilen lassen, wann ein Gespräch mit ihm günstig sei.

„Mierda!“, schrie García, nachdem er den Hörer auf die Station zurückgeknallt hatte. Die Adern an Hals und Schläfen schwollen gefährlich an und erinnerten an Kompressorenschläuche.

Frustriert versetzte er seinem Papierkorb einen mächtigen Tritt und traf beim Ausschwingen mit voller Wucht das Fensterbrett. Mit dem Schienbein voll auf die Kante. Die Wut und der Schmerz trieben Tränen in seine Augen. Der Schrei war markerschütternd.

Wenige Augenblicke später stürzte Carmen mit gezogener Waffe herein. Sie erkannte sofort, dass deren Gebrauch nicht erforderlich war, verließ diskret das Büro ihres Chefs und schloss leise die Tür hinter sich.

„Das dritte Mal innerhalb von weniger als zwölf Stunden, dass mich eine Frau mit heruntergelassener Hose erwischt“, schüttelte García ungläubig den Kopf. Es nützte nichts, sich über Dinge aufzuregen, die nicht zu ändern waren. Mombelli würde mitteilen, wann eine Audienz genehm sei, und fertig. Damit musste er leben.

Während der Schmerz langsam nachließ und die Gedanken wieder klar wurden, richtete er sich mühsam auf, räumte den Müll zurück in den Kübel, setzte sich in seinen Bürostuhl und dachte nach. Fünf Minuten später stand er auf und verließ sein Büro.

„Carmen – ich –“

„Schon in Ordnung, Chef.“

„Wie lange bist du jetzt bei uns?“

„Seit vier Monaten, Chef.“

„Sag nicht immer Chef zu mir!“

„Ja, Che… – wie denn?“

„Wir sind schließlich Kollegen. Miguel.“

„O. k., Miguel.“

„So was wie vorhin kommt nicht mehr vor. Und wenn doch, kannst du mich in den Hintern treten.“

„Da hab ich nun wirklich keinen Bock drauf“, lächelte sie ihn mit hochgezogenen Brauen an.

„Nur nicht übermütig werden! Meine Befragung von heute Morgen fällt aus. Teambesprechung der ganzen Gruppe um 14.00 Uhr im Konferenzraum. Kannst du das bitte an alle weiterleiten?“

„Ist gut – Miguel. Dein Handy liegt noch auf deinem Bürotisch.“

„Da bleibt es auch. Bin bis 14.00 Uhr nicht erreichbar. Adiós."

Leicht hinkend, aber trotzdem beschwingter, als er vor drei Stunden das Präsidium betreten hatte, verließ er seinen Arbeitsplatz. Weniger als einen Tag zuvor war ein Mensch getötet worden und er trug die alleinige Verantwortung für die Aufklärung.

„Mombelli ist wichtig für Valencia", hatte der Präsident gesagt.

„Was ist wichtig für mich? Bin ich schuld an Morales' Tod? Was kann ich dafür, dass niemand meine Stelle einnehmen kann?", hatte er sich daraufhin in seinem Bürostuhl gefragt.

Seine Familie war ihm über alles gegangen, bevor sie schleichend von seiner Besessenheit, Verbrecher zur Strecke zu bringen, verdrängt wurde. Zu Hause war er zu oft ungeduldig und mürrisch gewesen. Die Kinder, mit denen er früher umhertollen, spielen und blödeln konnte, waren ihm fremd geworden.

Mombelli hatte ihn davor bewahrt, in der Schussfahrt wenden zu wollen oder mit offenen Augen in die Mauer zu rasen. Im Bürostuhl hatte er seine rasende Fahrt bis zum Stillstand abgebremst.

Plötzlich konnte er auch die Mauer erkennen. Sie stand dicht vor ihm. Nie hätte er gedacht, wie nah dran er schon gewesen war. Vier Jahre lang, seit Morales' Tod, war er darauf zugerast.

Nein, er war nicht schuld am Tod seines Vize, und nein, er konnte auch nichts dafür, dass er seither keinen fähigen Stellvertreter mehr hatte.

Die Ermittlungen in seinem Mordfall waren noch nirgends. Jeder aus seiner Gruppe steckte bis über beide Ohren in der Scheiße und er tat, was er zuvor noch niemals getan hatte. Er verließ seinen Arbeitsplatz, kaufte sich Blumen, einen Kuchen und fuhr nach Hause.

Seit vier Jahren redeten sie zum ersten Mal so miteinander, wie sie eigentlich immer hätten reden sollen. Die Mauer war immer noch in der Nähe, aber García bewegte sich von ihr weg. Endlich. Dieses Mal würde er nicht wieder Anlauf nehmen, versprach er sich selbst.

Polizeipräsidium Valencia, 14.00 Uhr, Konferenzraum Mordkommission

„Ist die Polizei dieser Aufgabe gewachsen oder wird sie daran scheitern?"

Dieser Titel prangte über dem Bild, das Fuentes in seiner protzigen Uniform zeigte. Die Hände scheinbar in Siegerpose hoch erhoben und im Hintergrund der Tote, flankiert von einer Frau und einem Mann.

Die Pathologin, der Chefermittler und auch der Tote waren mit weit aufgerissenen Mäulern und Augen erwischt worden und sahen nicht gut aus. Der tiefe Graben zwischen dem verwirrenden System aus Polizei, Guardia Civil und den nationalen Spezialeinheiten der CNP (UIP, GOES und GEO) auf der einen und der Bevölkerung auf der anderen Seite war in Spanien, als Folge der langjährigen Diktatur General Francos, noch tiefer als in anderen westeuropäischen Ländern. Zudem war nicht immer klar, wer für welchen Fall zuständig war. Erschwerend kam hinzu, dass die einzelnen Organisationen einander allzu oft gegenseitig Konkurrenz machten, statt ihre Aufgaben gemeinsam wahrzunehmen und so ihre Stärken zu nutzen.

Obwohl man live am TV hatte mitverfolgen können, dass die Polizei die zunächst kritische Lage sehr schnell unter Kontrolle gebracht hatte und dabei keine große Panik ausgebrochen war, wurde sie massiv angegriffen.

„Kann ich von jedem einen kurzen Überblick über die bisherigen Ergebnisse haben? Meine Einvernahme von Mombelli musste verschoben werden, weil er plötzlich einen Anwalt verlangte. Den Termin von heute Morgen ließ er platzen. Solange keine deutlichen Indizien vorliegen, müssen wir diesen feinen Herrn mit Samthandschuhen anfassen."

Ein empörtes Raunen ging durch den gut besetzten Konferenzraum. Seine Gruppe umfasste bei Vollbestand zehn Personen. Da diesem Fall höchste Priorität eingeräumt worden war, hatte man Garcías Team mit acht zusätzlichen Beamten aus anderen Abteilungen aufgestockt.

„Die Obduktion der Leiche hat ergeben, dass der Mann von mindestens vier Personen in Neoprenanzügen umgebracht worden ist, von denen man jeweils an Hand- und Fußgelenken Spuren gefunden hat. Es ist ebenso erwiesen, dass das Opfer noch lebte, als es am Kiel festgemacht wurde. Den detaillierten Bericht, die Bilder und sämtliche Vernehmungsprotokolle könnt ihr direkt auf dem zentralen Server einsehen. Die neuen Mitarbeiter verfügen nicht über die nötigen Zugangscodes und werden vorerst mit anderen Aufgaben betraut. Ich begrüße die neuen Kollegen an dieser Stelle herzlich und freue mich auf eine gute Zusammenarbeit. Fuentes, bitte?"

„Na ja, ich hatte ja gestern frei ..."

„Fass dich kurz, bitte!"

„Entschuldige!" Fuentes legte eine Videokassette auf den Tisch. „Im Regiewagen der TPC, so heißt die Produktionsfirma, wurde mir dieser Mitschnitt der Livesendung ausgehändigt. Die Bänder sämtlicher Kameras waren bereits zuvor von einer Kollegin eingefordert und abgeholt worden."

„Und wer ist diese Kollegin?“, fragte García leicht genervt.

Alle blickten Fuentes erwartungsvoll an.

„Ich – aber – ich glaubte, du hättest die Bänder schon erhalten.“

„Hat jemand der hier Anwesenden Videomitschnitte sämtlicher Kameras im Regiewagen abgeholt?“ García blickte in die Runde. Nichts.

„Wer – Fuentes?“, fragte García gereizt, worauf absolute Stille herrschte.

„Ich weiß es nicht“, murmelte Fuentes leise und alle starrten ihn ungläubig an.

„Finde es heraus und bring mir die Aufnahmen! Sofort!“, herrschte García ihn an. Wie ein geprügelter Hund stand Fuentes auf, flüchtete vor den vielen schadenfrohen Mienen und verließ den Raum.

„Carmen, du sollst eine unterhaltsame Einvernahme durchgeführt haben“, versuchte García eine positive Stimmung zu erzeugen. Carmen fasste den Vorfall kurz zusammen und ergänzte diesen um die Information, dass der Tatverdächtige Seven Jones, geboren am 15. Juni 1966 in Christchurch, Neuseeland, deutliche Spuren von Kokain im Blut gehabt hatte.

„Heißt der wirklich so?“

„Getauft wurde er auf den Namen Steven, was aber in den frühen 90ern auf Seven geändert wurde. Nach dem Vorfall habe ich mit einem Kollegen zusammen die ganze Nacht lang recherchiert und dabei herausgefunden, dass er mit acht Jahren seine Mutter verloren hat und bereits als Kind ein ausgezeichneter Segler war.

Mit fünfzehn Jahren kam er allein von einem Segeltörn zurück, zu dem er mit seinem Vater, Clayton Jones, einer Legende des neuseeländischen Segelsports, aufgebrochen war. Es hat damals einen ziemlichen Medienwirbel gegeben.

Das Verschwinden des Vaters wurde nie aufgeklärt. Der Junge hatte bei der Polizei immer nur vage von einer Windböe geredet, die seinen Vater bei Nacht und hohem Wellengang über Bord geschleudert habe, während er sich unten in der Koje ausgeruht habe.

Der Fall wurde schließlich als Unfall zu den Akten gelegt. Jones Vater muss zu Hause, gelinde gesagt, ein ziemliches Arschloch gewesen sein. Von Nachbarn und sogar von seiner Frau, welche die Tochter eines einflussreichen Maori-Häuptlings war, gingen mehrere Anrufe bei der Polizei ein, die über Misshandlungen und Alkoholexzesse berichteten. Zu einer formellen Anklage kam es nie, weil Jones berühmt, einflussreich und wohlhabend war. Ausgenüchtert wusste er jeweils einen der drei Trümpfe zu ziehen, um die ganze Geschichte unter den Teppich zu kehren.

Nach dem Verschwinden seines Vaters geriet Seven komplett aus dem Gleichgewicht, zog mit einer berüchtigten Maori-Gang herum und soll sogar in einen Mordfall verwickelt gewesen sein. Mit 17 ist er abgehauen und hat 1983 in Korsika bei der Fremdenlegion angeheuert. 1991 tauchte er mit Pauken und Trompeten wieder auf der Bildfläche auf", berichtete sie, wobei sie ihrem Kollegen zunickte, der eine Folie des Magazins auf den Projektor legte.

„Über die Jahre dazwischen ist nichts bekannt, aber wir würden gerne weiterhin dranbleiben. Weil Jones seither als Mitglied verschiedener erfolgreicher Projekte über die Weltmeere segelte, ist die Zeit seit 1991 gut dokumentiert", beendete Carmen ihre Zusammenfassung und blickte mit einem kurzen Nicken zu García.

„Danke, Carmen. Mir scheint, dass du sowohl bei der Einvernahme als auch bei den Recherchen hervorragende Arbeit geleistet hast. Ich bin froh, dass du diesem Brocken zuvorkommen konntest. Bravo, Carmen!", applaudierte García und stand dabei, gefolgt vom ganzen Ermittlungsteam, auf.

„Ich schlage eine kurze Kaffeepause vor. Um 15.00 Uhr machen wir weiter."

London Heathrow, England, 13.50 Uhr

(Differenz MESZ – 1 Stunde)

Während die Polizisten im fernen Valencia Kaffee tranken, rollte der edle Privatjet in den Hangar, wo der Rolls bereits auf die Ankunft von Palmer und seiner Begleiterin wartete. Zollformalitäten und andere Unannehmlichkeiten hatten sie keine zu befürchten. Eva würde im Savoy und Palmer in seinem Penthouse residieren. Er musste nachdenken. Dafür musste er allein sein.

Polizeipräsidium Valencia, 15.00 Uhr

Joaquín Ortega hatte als Letzter die Ergebnisse seiner Ermittlungen zusammengefasst. Er war verantwortlich für die neu zugeteilten Kollegen und wertete mit diesen die Hinweise aus der Bevölkerung aus. Zusätzlich koordinierte er die Kontaktaufnahme mit den Zuschauern, welche verdächtige Beobachtungen gemacht und am Ausgang ihre Adresse hinterlassen hatten.

Er hatte die Arschkarte gezogen und es war deutlich zu erkennen, dass ihm diese Sisyphos-Aufgabe nicht zusagte.

„Jede von diesen über dreihundert Personen will sich wichtig machen“, dabei zeigte er auf mehrere Schuhschachteln, die mit Visitenkärtchen, Notizpapier, beschriebenen Servietten, Bierdeckeln und sogar zwei Papptellern, auf denen zwei Komiker ihre Anschrift hinterlassen hatten, gefüllt waren. Neben all diesen Adressen hatten auch Zettel mit obszönem Inhalt, Beleidigungen und allerlei Müll ihren Weg in die Waschkörbe gefunden, die mit „Hier Adressen für Zeugenaussagen deponieren!“ deutlich beschriftet worden waren. Am Schluss zog er die Gummihandschuhe an.

„Damit ihr euch ein ungefähres Bild davon machen könnt, was alles in den Körben gefunden wurde, habe ich folgendes, nicht repräsentatives Beweisstück mit der Asservatennummer 24B48 mitgebracht.“

Grinsend nahm er einen Gegenstand aus dem Plastiksack und hielt ihn hoch. Angeekelt verzogen die am nächsten Sitzenden ihre Gesichter. Für die schlechter Postierten schloss er seine Zusammenfassung mit den Worten: „Kondom, gebraucht.“ „Manchmal hasse ich diesen Job“, sagte er, worauf er von „Du blöde Sau!“ bis zu dämlichem Kichern eine ganze Palette von Reaktionen seiner Kolleginnen und Kollegen erntete.

In diesem Moment betrat Fuentes den Raum. García blickte zu ihm hin und hob fragend die Augenbrauen, worauf Fuentes nur traurig den Kopf schüttelte. García fühlte, wie eine rasende Wut drohte von ihm Besitz zu ergreifen. Gleichzeitig bemerkte er, dass er wieder Anlauf genommen hatte.

Statt einem Impuls zu folgen und Fuentes erneut vor der ganzen Versammlung zur Sau zu machen, sagte er: „Wenn nichts mehr ist, treffen wir uns morgen früh um 8.00 Uhr zum nächsten Rapport. Wir wollen die Schweine drankriegen.“

Als alle Mitarbeiter den Saal verlassen hatten, prasselte ein mächtiges Gewitter auf Fuentes nieder. Er hatte nicht herausgefunden, wer diese Bänder abgeholt hatte. Noch schlimmer aber war, dass die TV-Leute, abgesehen von den live gesendeten, sämtliche Daten und Bilder am Ende des Tages wie immer gelöscht hatten. Die Chance, den Mord aufgrund der TV-Bilder aufzuklären, war unwiederbringlich vertan. García ließ seinen ganzen Frust an Fuentes aus.

„Du kannst jetzt gehen“, entließ er seinen Stellvertreter. „Miguel?“, drehte Fuentes sich an der Tür wieder um. „Was ist denn jetzt noch?“, erwiderte dieser mürrisch. „Hast du ein paar Minuten für mich Zeit?“ „Wir müssen einen Mord aufklären, da bleibt keine Zeit für Kaffeekränzchen und Wohlfühlgruppen!“, blaffte García ihn an. „Bitte, Miguel!“, flehte Fuentes und blieb in der Tür stehen.

„Also, Carlos, schließ die Tür und komm rein … Was gibt's?“, fragte García und versuchte sich in einer freundlicheren Tonart. Dabei merkte er, dass die Mauer unmittelbar vor ihm stand. Er musste höllisch aufpassen und versuchen, sich unter Kontrolle zu halten, sonst würde er in einen Hammer laufen.

„Entschuldige, Carlos, was hast du gesagt?“, erwachte er aus seinem Tagtraum. „Ich hatte nie eine wirkliche Chance in dem Laden. Ich weiß,“, wiederholte Fuentes, „dass mich keiner hier leiden kann, weil ich der Schwiegersohn vom Alten bin.“

„Das stimmt doch nicht“, versuchte García ihn wider besseres Wissen zu beschwichtigen. „Du weißt, dass ich recht habe und dir geht's genauso.“ – „Was willst du damit andeuten?“, fragte García nun wieder etwas schärfer. „Du behandelst mich nicht wie deinen Stellvertreter …“ – „Ich behandle – ich versuche jeden so zu behandeln, wie er es aufgrund seiner Leistungen verdient.“

„Weißt du, ich bin durch diese Behandlung bereits so verunsichert, dass ich schon bei den kleinsten Routinearbeiten hoffe, dass dabei nichts schiefgeht. Klar, manchmal bin ich wirklich ungeschickt und das hat das Bild von El Mundo heute Morgen ja auch in aller Deutlichkeit gezeigt … Was hätte ich tun sollen gestern Abend bei den TV-Leuten, als die mir sagten, das Material sei schon abgeholt worden?“

„Du hättest, verdammt noch mal, neue Kopien der Aufnahmen verlangen müssen. Oder per Funk bei mir nachfragen, was du unternehmen sollst."

„‚*Gebrauch deinen Verstand, du Idiot!*', hättest du mir durch den Funk geantwortet und jeder Polizist und jeder Medienvertreter hätte genüsslich zugehört." – „Ja, vielleicht hätte ich etwas in die Richtung gesagt." – „Eben, darum hab ich nicht gefragt und meinen Verstand gebraucht. Du vertraust mir nicht …" – „Jetzt mach aber halb lang …"

„Bitte lass mich ausreden! Du traust mir nichts zu oder behandelst mich wenigstens so. Deshalb hab ich gedacht, dass du einem anderen den gleichen Auftrag gegeben hast, damit nichts in die Hose geht." – „Ich hab dir vertraut und nun ist alles den Bach runter gegangen …"

„In diesem Regiewagen ging es zu wie in einem Bienenstock. Die Leute waren total hektisch, weil sie ja mitten in dieser Wahnsinnsgeschichte steckten. Ich wollte sie nicht noch einmal mit etwas belästigen, was sie offensichtlich bereits für uns erledigt hatten."

„Scheiße." – „Was?" – „So, wie du das jetzt sagst, hätte mir das auch passieren können. Tut mir leid, Carlos. Warum bist du nicht früher zu mir gekommen?" – „Weil ich eben glaubte, dass die Bänder alle schon bei dir sind." – „Ja, klar. Das hast du ja schon …"

Sie sprachen noch lange miteinander. Zum ersten Mal nahm er seinen Stellvertreter als Menschen, als eigenständige Persönlichkeit und nicht als Schwiegersohn des Präsidenten wahr. „Er hat wirklich nie eine Chance gehabt!", fiel es ihm wie Schuppen von den Augen.

Universitätsklinik Valencia, 16.00 Uhr

„Wo bin ich?“, fragte er sich und fühlte einen stechenden Schmerz in seiner linken Brust. Das Atmen fiel ihm schwer und sein Hals war vom Intubationsschlauch ausgetrocknet und entzündet. Von der Narkose und vom Kokain hatte er zusätzlich noch Kopfschmerzen. Die wurden durch die aufsteigenden Erinnerungen an die vergangenen 24 Stunden nicht wirklich gemildert. Er öffnete die Augen und sah, dass er von medizinischen Überwachungsgeräten umgeben war.

Plötzlich war er hellwach und bei klarem Verstand. Irgendjemand war mit ihm in diesem Raum. Er hatte während der acht Jahre in der Legion, wo er vor allem in Algerien und Marokko, aber auch in anderen arabischen Ländern bei Spezialeinsätzen gedient hatte, Gelegenheit gehabt, seine Sinne zu schärfen. Sein inneres Alarmsystem, welches er erst seit Kurzem wieder öfter benutzen musste, lief auf Hochtouren.

Er schloss die Augen, atmete oberflächlich und konzentrierte sich. Schon als er noch ein kleiner Junge war, hatte ihn sein Großvater, der Maori-Häuptling We Rutene, in die Geheimnisse von Jagd und Dschungel eingeführt. Er hatte gelernt, bei seinen Wahrnehmungen alle Kräfte auf ein Ziel zu bündeln.

Mit den Augen zu suchen hätte ihn, hilflos im Bett liegend, sofort verraten. So fühlte er mit Haut und Haaren, roch mit seiner feinen Nase und lauschte. Er spürte das aufregende Gefühl einer verborgenen Gefahr. Jemand war in seinem Zimmer. Er nahm den typischen Geruch wahr, den feuchtes Neopren auf der Haut hinterlässt, und dazu den üblen Schweißgeruch eines Mannes, den er zu kennen glaubte. Seine Haut konnte trotzdem keine ungewöhnlichen Empfindungen spüren. Ein Zeichen dafür, dass keine unmittelbare Gefahr drohte. Hinter den Maschinengeräuschen hörte oder glaubte er, ein regelmäßiges Atmen zu hören. Er war sich sicher, dass ein Mann in seinem Zimmer war.

Nach etwa einer Minute vernahm er ein neues Geräusch. Jetzt war er sich sicher. Deutlich hatte er gehört, wie jemand die Seite eines Buches umgeblättert hatte. Erleichtert atmete er auf und fragte leise: „Wer ist da?“

„Polizeikorporal Carmen Fernández“, hörte er eine angenehm klingende Frauenstimme antworten. „Wollen Sie mich wieder verprügeln?“, fragte Seven, der nun erleichtert seine Augen öffnete. Er war überrascht und zugleich froh, sich getäuscht zu haben.

Seinen Aussetzer von gestern Abend würde er schon wieder hinbiegen können. Irgendwie musste Seven das Vertrauen dieser attraktiven, aber gefährlichen Polizistin gewinnen. Vielleicht war es sogar gut so. Noch einmal würde er sich nicht übertölpeln lassen. In die Ecke gedrängt war er schon immer am besten gewesen.

„Wie geht's Ihnen?“, fragte Carmen und trat an sein Bett heran. – „Es geht. Was wollen Sie wissen?“ – „Das ist ein Krankenbesuch, keine Einvernahme“, sagte Carmen sanft. – „Hören Sie! Mein bester Freund ist gestern ermordet worden und seine Geliebte liegt irgendwo in einem Spital in Valencia oder in der Leichenhalle ...“ – „Dolores Márquez liegt drei Zimmer neben Ihrem in einem Intensivpflegebett im künstlichen Koma. Ihr Zustand ist kritisch, aber die Ärzte glauben, dass sie durchkommen wird.“ – „Hoffentlich. Jedenfalls will ich mithelfen, das Schwein hinter Gitter zu bringen.“ Carmen blickte ihn lange an und sagte schließlich: „Erzählen Sie mir zunächst etwas über sich, das nicht in der Zeitung gestanden hat!“

Seven seufzte und fing an, seine frühesten Kindheitserinnerungen zu sortieren. „Ich werde nicht immer gut dastehen, fürchte ich, und für einiges schäme ich mich heute noch“, fing Seven an, über sein Leben zu berichten. Er ließ nichts aus und sagte schonungslos die Wahrheit.

„... Plötzlich hörte ich ein Poltern auf Deck und kurz danach einen Schrei. Sofort kletterte ich hoch und sah meinen Vater etwa 30 Meter hinter dem Boot im Wasser schwimmen. Das Segel flatterte lose im leichten Wind und das Boot verlor immer mehr an Fahrt. Nach ein paar Schwimmzügen würde er das Boot wieder erreicht haben und sich mit einem lockeren Spruch an Bord hieven. ‚*Genauso ist Emily damals über Bord gegangen*‘, lachte er beim Heranschwimmen ...

Es waren vielleicht drei Sekunden vergangen, als ich mich ungläubig zu ihm drehte. Er war noch knapp zehn Meter vom Boot entfernt und hatte aufgehört zu schwimmen. Erschrocken starrte er mich an. ‚Mama!‘, dachte ich und meine Augen füllten sich mit Tränen, als ich mich von ihm abwandte und mechanisch das Segel dichtnahm. Hinter mir hörte ich, wie mein Vater verzweifelt zu kraulen anfing, um möglichst schnell das Boot zu erreichen. ‚Mach keinen Blödsinn, Junge, sonst gibt's Prügel!‘

Das Segel blähte sich in der leichten Brise auf und mit einem sanften Ruck setzte sich das Boot in Bewegung. Er hatte keine Chance. Der Wind trug die wütenden Drohungen meines Vaters noch lange zu mir. Ich hörte sogar noch, wie er darum flehte, dass ich wenden solle. Am Schluss glaubte ich ganz leise zu hören, wie er um Vergebung bat. Doch darum würde er einen anderen bitten müssen. Er hatte mir das Kostbarste genommen, was ich besessen hatte. Meine Mutter!“

Seven schloss erschöpft die Augen und ein paar Tränen rannen über seine Wangen. Carmen hatte in den vergangenen zwei Stunden kein Wort geredet. Der Mann, der da so hilflos und verletzlich vor ihr im Bett lag, hatte gerade mehr als nur ihr Vertrauen gewonnen. „Gute Besserung, Seven! Ich komme wieder“, flüsterte sie in sein Ohr und küsste ihn zärtlich auf die Stirn, bevor sie leise aus dem Zimmer ging.

„Die Wahrheit und ein bisschen Dichtung zum richtigen Zeitpunkt bewirken oft Wunder. Das Mitleid der Menschen kann nur allzu leicht missbraucht werden“, dachte er zufrieden. Er begann zu lachen, stöhnte jedoch sogleich vor Schmerzen auf. „Wenn jeder Verrat so schnell bestraft würde, hätt ich's nicht so weit gebracht“, dachte er mit schmerzverzerrtem Gesicht.

Sein Vater war wirklich über Bord gegangen, doch es war bereits zu dunkel gewesen. Er hatte verzweifelt versucht ihn zu finden, aber es war aussichtslos. Der Wind und die Wellen waren zu mächtig. Er wusste, dass er keine Möglichkeit gehabt hatte, ihn zu retten, fühlte sich aber immer noch schuldig an seinem Tod.

Seine Mutter hatte sich sieben Jahre zuvor nach einem heftigen Streit aus dem Haus in den Sturm gestürzt, nachdem Sevens Vater sie geschlagen hatte. Obwohl er ihr nachgerufen hatte, rannte sie zum Bootssteg, machte ihr kleines Segelboot los und schoss mit hoher Geschwindigkeit im ablandigen Wind davon. Nach wenigen Sekunden konnte man hinter den mächtigen Wellen nur noch das Segel sehen, bis auch das von der finsteren Nacht verschluckt wurde.

Zwei Tage später fand man das Boot, das irgendwo zwischen Neuseeland und Tonga auf dem endlosen Pazifischen Ozean herrenlos auf den Wellen schaukelte. Von seiner Mutter, die in ihrer Verzweiflung in den sicheren Tod geflohen war, fehlte jede Spur. „Verschollen nach Bootsunfall“, hatte die offizielle Version, die sein Vater diktiert hatte, schließlich gelautet.

„Alles muss sie ja nicht wissen“, dachte er bei sich und es war ihm klar, dass er bei der nächsten Märchenstunde sehr gut vorbereitet und überzeugend sein musste.

London, Somerset House, 20.00 Uhr

Er saß auf einem der bequemen Sessel in seinem Penthouse, das er sich im Südwestturm des altehrwürdigen Gebäudekomplexes hatte einrichten lassen, und blickte zum London Eye hinüber, das von seinem Platz aus, im Schein der sinkenden Sonne, wie eine in Flammen stehende Zigarre aussah, die neben der träge fließenden Themse aufragte.

Die Westminster Bridge befand sich im Zentrum seines Blickfeldes und die Parlamentsgebäude, über denen Big Ben thronte, bildeten den Abschluss dieser Wahrzeichen Londons, die ihm zu Füßen lagen. Er war in seine Höhle zurückgekehrt, wie er zu sagen pflegte. Wenn er geschäftlich in dieser Stadt war, residierte er im Savoy, wo er die Miete der edelsten Suite jeweils für ein ganzes Jahr bezahlte. Nie hätte er sich in ein Bett gelegt, in dem bereits ein anderer geschlafen hatte. Diese Zeiten hatte er hinter sich.

Er wandte den Kopf zur anderen Seite und sah zur Tower Bridge, deren Türme im warmen Licht der Abendsonne gleißten. Die Sonne hatte sich in diesem Sommer in England nicht von ihrer besten Seite gezeigt, was auch das Tennisturnier im nahen Wimbledon betroffen hatte. Eva hatte am Nachmittag ein Spiel gesehen und danach vom spanischen Athleten geschwärmt, aber sofort geschwiegen, als sie seinen Blick gesehen hatte. Er mochte es nicht, wenn sie sich mit anderen, jüngeren Männern beschäftigte.

„Gedankenkontrolle", dachte er, „da sollte man Geld investieren." Überhaupt, er war nicht hier, um mit ein paar Tausend anderen Zuschauern den Kopf im Gleichtakt hin und her zu bewegen, um einer kleinen Filzkugel zu folgen, die in aberwitzigem Tempo über ein Netz geprügelt wurde.

Tennis war eine komplexe Materie und deshalb schwer zu manipulieren. Die größten Chancen hatte man dort im Bereich der Psyche, aber von diesen Methoden der Manipulation im Sport hatte er nach seinen enttäuschenden Erfahrungen mit dem amerikanischen Schachspieler die Hände gelassen. Da sollten sich andere die Finger daran verbrennen.

Er war seit jeher fasziniert von den unbegrenzten Möglichkeiten des Denkbaren und laufend dabei, die Grenzen des Möglichen in die Richtung des Denkbaren zu verschieben.

Der Sport oder wenigstens die Manipulation des Sports war seit Langem sein liebstes Hobby und ein faszinierendes Labor für Experimente. Für ein bisschen Erfolg und Ruhm war mancher talentierte Athlet bereit, sich als Versuchsobjekt zur Verfügung zu stellen. Die meisten davon wussten zudem gar nicht, dass sie an einem Experiment teilnahmen. Das war auch gut so, denn viele Sportler glaubten tatsächlich daran, dass Sport gesund und fair sei. Zudem wären die meisten von ihnen viel zu schlechte Schauspieler gewesen, um im Zentrum des öffentlichen Interesses ein falsches Spiel zu mimen.

Klar, es gab auch Kreise, die versuchten diese Manipulationen zu bekämpfen. Aber diese Organisationen kämpften ihren Krieg mit derart beschränkten Mitteln, dass ihr Engagement schon wieder bewundernswert war. Er schmunzelte beim Gedanken an die WADA (World Anti-Doping Agency), die der Manipulation im Sport den Krieg erklärt hatte. Er stellte sich vor, wie deren Agenten in China unangekündigte Dopingkontrollen durchführen wollten, und musste lauthals über diejenigen lachen, die ernsthaft glaubten, irgendjemand könnte einfach unangekündigt und unbemerkt auf ein Trainingsgelände irgendwo in China spazieren und dann, überraschend für die Sportler, eine Urin- oder Blutprobe nehmen. Die Armen würden nicht einmal den Weg finden ohne Hilfe. Er hatte diese ernüchternde Erfahrung selbst gemacht.

„Ich finde hier in Tokio den Weg zum Hotel zurück von jedem Punkt im Umkreis von fünf Kilometern innerhalb von einer Stunde. Ich habe einen ausgezeichneten Orientierungssinn“, hatte er gegenüber einem japanischen Geschäftspartner geprahlt.

Nach der ersten Stunde befand er sich bereits sagenhafte 15 Kilometer vom Hotel entfernt, was sogar die kühnsten Erwartungen des Japaners übertroffen hatte, der glücklicherweise zur Kontrolle mitgekommen war.

Das Finden eines bestimmten Punktes war heute im Westen mit GPS zu einem Kinderspiel geworden. In den Entwicklungsländern hingegen, und für Ausländer im Speziellen, war das Finden eines Ortes auf eigene Faust immer noch ein Abenteuer. Er schwelgte weiter in seinen Erinnerungen und war im Rückblick gleichzeitig überrascht und amüsiert, wie lange es teilweise dauerte und weiterhin dauern würde, bis man den jeweiligen Methoden des Dopings wirklich auf die Schliche kam.

Als er mit seinem Hobby in den frühen Siebzigerjahren angefangen hatte, waren im Ostblock, wo er mit seinen Dienstleistungen ein gern gesehener Gast geworden war, Hormone Trumpf. Er hatte gerade den Misserfolg mit dem Schachspieler hinter sich und suchte eine neue Herausforderung. Gegen entsprechendes Entgegenkommen war manch ein Spezialist hinter dem Eisernen Vorhang bereit, seine Geheimnisse mit ihm zu teilen, zumal er es sich leisten konnte, die Gefälligkeiten ganz oben in der Befehlskette auszuschütten.

Es gelang ihm schnell, den Apparatschiks klarzumachen, dass er nicht beabsichtigte, die westlichen Sportler massenweise in Obhut zu nehmen. Gegenseitig versicherte man sich zu kooperieren, wobei jeder wusste, dass er nur die Informationen aus dem jeweils vorletzten Erkenntnisfortschritt des anderen erhielt. Jedenfalls war klar, dass Hormone wesentliche Leistungssteigerungen bewirken konnten, und so wurde getüftelt, was das Zeug hielt. Er hatte sich ein globales Netzwerk, bestehend aus den besten Spezialisten, aufgebaut, die er bei ihren Forschungen gezielt unterstützte. Auch hier wussten die besten Köpfe nicht, dass sie mit den Ergebnissen ihrer Forschungen einen Beitrag zur gezielten Manipulation im Sport leisteten. Palmer schmierte, organisierte Kontakte, beschaffte Ergebnisse und all diese Fäden liefen in einem dicken Informationsstrang in seinem eigenen Labor zusammen, das er sich bereits als Student eingerichtet hatte.

Dort erst wurden die verschiedenen Erkenntnisse von seinen Mitarbeitern mit klarem Auftrag verknüpft und erprobt. Natürlich blieb er auch von Rückschlägen und Überraschungen nicht verschont, wobei er es, im Gegensatz zu seinen Partnern hinter dem Zaun, niemals zuließ, dass das missratene Ergebnis eines Versuchs ins Rampenlicht geriet.

Verärgert dachte er an die unzähligen Frauen aus den Ostblockstaaten, die mit ihren muskulösen Körpern und kantigen Schädeln so männlich aussahen, dass man sich bei einer nächtlichen Begegnung gefürchtet hätte. Die dröhnenden Bassstimmen und der ungute Eindruck, diese Frauen müssten sich zweimal pro Tag rasieren, hinterließen bei den Beobachtern mehr als nur gemischte Gefühle. Das Erstaunlichste dabei war, dass sich solche Frauen teilweise bis in die heutige Zeit gehalten hatten.

Trotzdem. An einige seiner eigenen missratenen Experimente erinnerte er sich nicht ungern. Etwa an den Zehnkämpfer, dessen Leistungen sich zunächst enorm verbessert hatten. Plötzlich wuchsen seine Hoden wegen einer falschen Dosierung auf die Größe von Schwaneneiern. Als Anomalie in medizinischen Fachkreisen durchaus gern gesehen, war der Mann für einen Einsatz auf der sportlichen Weltbühne mit kurzen, eng anliegenden Hosen nicht mehr zu gebrauchen.

Der Athlet hatte zudem begreiflicherweise derart große Schmerzen bei Trainings und Wettkämpfen, dass ein Karriereende die einzige verbleibende Lösung war.

Die Wiedergutmachung des Experiments schließlich, mit weiblichen Hormonen, verursachte seinen Forschern einiges Kopfzerbrechen und ging für Strauß, wie der Mann seither genannt wurde, nicht ohne erneute Schmerzen über die Bühne. Da Strauß mit einem geringen IQ, aber einem umso größeren Ego und einer beispiellosen Skrupellosigkeit gesegnet war, fand man für ihn schnell eine andere Aufgabe in Palmers Organisation.

Strauß hatte bereits als Sportler gute Nerven und ein großes Maß an Kaltschnäuzigkeit bewiesen. Als man während seiner Ausbildungszeit feststellte, dass er zudem über ein gutes Auge und eine ruhige Hand verfügte, stand einer neuen Karriere bei Palmer nichts mehr im Weg.

„Verdammter Idiot!", fluchte Palmer leise vor sich hin, als er beim Nachdenken über die Straußeneier gestolpert war. Er hatte nicht nur komische Erinnerungen an seinen treuen Mitarbeiter.

„Schieß den Kuhschweizern ein Loch in den Spinnaker! Weißt du, was das ist?", hatte Palmer vor gut einer Woche zu ihm gesagt.

„Ich bin ja nicht blöd, Chef", hatte Strauß geantwortet und Palmer so zu einem kleinen Spaß provoziert.

„Strauß, weißt du, woher die Löcher im Schweizer Käse kommen?" – „Nein Chef." – „Bei denen hat jeder ein Gewehr zu Hause. Wenn die Schießübungen machen, nehmen sie die Käselaibe als Kugelfang. So entstehen die Löcher und aus der Sauerei machen sie ihr Fondue." – „Echt? Das hab ich nicht gewusst …" – „Du weißt ja, wohin du zielen musst!", lächelte er Strauß zu.

Zunächst mit Modellen und später in Wirklichkeit hatten sie dieses Kunststück geübt, bis es keines mehr war. Das Loch, von einer Kugel mit enormer Reichweite aus einer ebensolchen Präzisionswaffe verursacht, würde in diesem Bereich, auf den riesige Kräfte wirkten, entweder unmittelbar oder nach kurzer Zeit zu einem entscheidenden Zwischenfall führen.

Damit es zu keinen Komplikationen kommen würde, und damit meinte er unerwünschte Schussverletzungen, würde er Strauß über den exakten Zeitpunkt informieren.

Das Dach, auf dem Strauß lag, als er seinen Kunstschuss abgab, gehörte zu einer stillgelegten Fischfabrik im alten Hafen von Valencia. Palmer hatte sie sich gekauft, nachdem der Austragungsort des nächsten America's Cup bekannt gegeben worden war. Die Gruppe, zu der auch Strauß gehörte, hatte sich dort eine nette Basis mit Wassersportgeräten aller Art für Sportarten über, auf und unter der Wasseroberfläche eingerichtet. Gemeinsam mit den beiden Schweizer Booten, aber von diesen unbemerkt, hatten sie von dort aus während der vergangenen drei Jahre trainiert.

„Verdammter Idiot!", fluchte er, dieses Mal etwas lauter.

„Jetzt!", hatte er, per Funk, Strauß das Kommando zum Schuss gegeben und damit ein Zeitfenster von 20 Sekunden geöffnet, in denen der Schuss fallen musste. Palmer überwachte unterdessen vor dem Bildschirm die Lage und hätte die ganze Aktion abgebrochen, wenn in dieser Zeit etwas Unvorhergesehenes passiert wäre.

Beide Boote hatten soeben gehalst und würden voraussichtlich länger als zwei Minuten in die gleiche Richtung segeln, was für den Kunstschuss ideal war. Die Neuseeländer lagen zwar in Führung, aber die Schweizer waren ihnen bedrohlich nahe gekommen und Palmer wollte kein Risiko eingehen. Wenn sie weiterhin derart aufgeholt hätten, wäre die Gefahr groß gewesen, dass sie den Kiwis den Wind aus den Segeln nahmen, und das wäre bei diesem entscheidenden Rennen verhängnisvoll gewesen.

Gebannt hatte er auf den Bildschirm gestarrt und die Lage kontrolliert. Nach etwa 15 Sekunden wusste er, dass nichts Unvorhergesehenes passieren würde. Vorfreude stellte sich ein. Er war weltweit der einzige Zuschauer, der wusste, dass sich in den nächsten Sekunden etwas Entscheidendes ereignen würde, und war deshalb nicht überrascht, als man in den TV-Lautsprechern hektische Stimmen hörte: „Wir haben ein Loch im Spi!“, hörte man einen der Segler, dessen Kommentare per Mikrofon live in die ganze Welt übertragen wurden, hektisch rufen. Die Regie hatte noch nicht reagiert und zeigte immer noch das führende neuseeländische Boot. Palmer wartete auf den nächsten Regieschnitt und kontrollierte mit einem raschen Blick, ob das Aufnahmegerät auch wirklich mitlief.

Wieder voll auf die Szene auf dem Bildschirm konzentriert, hielt er kurz nach dem nächsten Schnitt den Atem an. Der Kameramann zoomte auf das kleine Loch, das Strauß mit seiner Kugel vor wenigen Sekunden mit der gewohnten Präzision ins teure Segel gestanzt hatte. „Yes!“, schlug er mit der rechten Faust in die offene linke Hand. Sekundenbruchteile danach brüllte er aus voller Kehle: „Idiot! Du verdammter Volltrottel! Ich bringe dich um!“

Das Segel des Schweizer Boots war weiß und darauf prangte in großen Lettern das Logo einer Großbank, die wenig später im Sog der US-Hypothekenkrise Milliardenbeträge versenkte. Das nun groß herangezoomte Loch war von einem blutroten Tuch umrahmt. Strauß hatte das falsche Segeltuch zerfetzt.

„Das Geschenk ist angekommen“, nuschelte der sichtlich stolze Strauß in sein Funkgerät. Auf ihn war einfach Verlass. Auf dem kleinen Bildschirm neben sich konnte er sehen, dass der Schuss genau dort saß, wo er sein sollte. Er hatte ganze Arbeit geleistet, was auf diese Distanz und bei einem sich bewegenden Ziel nicht so einfach gewesen war. Aber er hatte es wieder einmal geschafft.

Auch wenn’s noch so hektisch und brenzlig war, auf ihn konnte sich Palmer immer verlassen. Strauß stellte sich vor, was er mit dem Bonus anstellen würde, den Palmer nach dieser Glanzleistung zweifellos springen lassen würde. Der neue Ferrari. Genau mit dem würde er sich selbst für diesen Erfolg belohnen.

Das Funkgerät blieb stumm, wie vereinbart. Zufrieden rollte sich Strauß von seinem Schützenstand, blinzelte kurz in die Sonne und atmete erleichtert auf. Auf dem Bauch zu liegen, tat ihm seit Jahren höllisch weh. Dieses Mal hatten sich die Schmerzen aber gelohnt. Er hätte etwas darum gegeben, jetzt bei Palmer zu sein und sich mit ihm zusammen zu freuen.

Er setzte sich bequem hin und schaute auf den Bildschirm. Er wollte den Moment nicht verpassen, in dem das Segel riss. „Ja, klettere nur hoch, du Kiwifurz!", kicherte er und schaute gebannt auf den Bildschirm. Einer der Segler versuchte verzweifelt, zum Loch zu klettern und irgendwie das drohende Unheil abzuwenden.

Das Lachen blieb Strauß im Hals stecken und die späte Erkenntnis, das falsche Segel durchlöchert zu haben, traf ihn unvorbereitet. Gleichzeitig sahen die beiden Männer, zusammen mit Millionen von Zuschauern, wie das Segel mit einem Knall zerriss. Im Gegensatz zu den meisten anderen Zuschauern schlugen sie, obwohl über zwei Kilometer zwischen ihnen lagen, gleichzeitig die Hände vors Gesicht.

Reglos verharrten die beiden in dieser Stellung. Sie konnten und wollten nicht sehen, wie das Schweizer Boot zügig die Führung übernahm und kurz darauf bei Streckenhälfte die bessere Seite für die Kreuz, die lange Fahrt gegen den Wind, auswählen konnte. In der Folge gaben sie die Führung nicht mehr ab und fuhren einen spektakulären und vom Glück begünstigten Erfolg nach Hause.

Strauß war beim zweiten Vorwindkurs, der Zielgeraden, wieder in Stellung gegangen, falls Palmer erneut „Jetzt!" sagen würde. Das Funkgerät blieb still und es tat höllisch weh, aber das war nichts verglichen mit dem, was ihn später erwarten würde. An einen neuen Ferrari jedenfalls dachte er an diesem bitteren Tag nicht mehr.

Universitätsklinik Valencia, 20.00 Uhr

Sie saßen am Bett und blickten stumm auf das schöne, fein geschnittene Gesicht der jungen Frau, das vor ihnen auf dem weißen Laken lag.

„Wie eine Heilige!“, flüsterte Fuentes gedankenverloren. Verwundert schaute ihn García an, weil er denselben Gedanken gehabt hatte. „Ein Engel“, flüsterte er zurück und sah Fuentes zusammenzucken. Sie hatten die vergangenen vier Stunden gemeinsam verbracht und sich ausgesprochen. Dabei hatte García festgestellt, dass sein Stellvertreter nicht der Trottel war, für den er ihn immer gehalten hatte.

Das Eintreffen einer Vorhersage war ein Phänomen aus dem Dunstkreis der Wahrsagerei. Nachforschungen über die Trefferquote von Wahrsagern hatte ergeben, dass deren Vorhersagen erstaunlich häufig eintrafen. Auf der Suche nach den Ursachen für dieses Phänomen hatte sich gezeigt, dass die betroffenen Personen, nachdem sie die Prognose erhalten hatten, jeweils sehr aktiv zur Erfüllung ihrer Voraussage beigetragen hatten.

Etwas Ähnliches war bei Fuentes passiert. Er war vor jedem Stellenantritt bereits stigmatisiert. Zwar trug er kein Mal auf der Stirne, aber jedem zukünftigen Arbeitskollegen wurden die Worte: „Fuentes, der unfähige Schwiegersohn des Polizeipräsidenten!“ ins Gehirn gebrannt.

Man hatte ihn von Anfang an so behandelt, bis die Voraussage eingetroffen war. García schämte sich dafür, bei dieser Intrige eine aktive Rolle gespielt zu haben. Die Brandnarbe des Vorurteils war in seinem Hirn. Sie hatte ihn seit vier Jahren daran gehindert, Fuentes so zu sehen, wie er war, fing aber langsam an zu verheilen. Er atmete tief durch und merkte zum zweiten Mal an diesem Tag, wie er sich von der Mauer entfernte.

Jetzt hatte ihn also auch Fuentes mit heruntergelassener Hose erwischt. Sich eine Blöße zu geben war nicht gerade das, was bei der Erziehung spanischer Machos oberste Priorität genoss. García merkte aber, dass er sich langsam daran gewöhnte, dass er es sogar gut fand, erschreckte ihn aber dennoch. Aber es musste ja niemand wissen, dass er innerhalb eines Tages zum Weichei geworden war.

„Carlos, kannst du hierbleiben und warten, bis die Ablösung des Wachpostens um zehn Uhr kommt? Ich wäre froh, wenn jemand von uns dabei ist, wenn sie aufwacht." – „Ich wollte sowieso noch bleiben", flüsterte Fuentes zurück. – „Kämpf, Mädchen! Wir brauchen deine Hilfe. Kämpf, damit nicht alles verloren ist!" Zärtlich streichelte García ihre Wange, küsste sie sanft auf die Stirn und drehte sich um.

„Gute Nacht!", sagte er tonlos zu Fuentes, drückte dessen Hand und legte die andere auf seine Schulter. „Und – entschuldige bitte!" – „Dir auch eine gute Nacht und danke, dass du mir eine Chance geben willst." García nickte und ging leise aus dem Zimmer, in dem Dolores, von Maschinen zwischen dem Leben und dem Tod festgehalten, im leeren Raum über dem Abgrund hing. War da noch etwas, wofür es sich lohnen würde zu kämpfen?

García trat in die warme Sommernacht hinaus und ging in Gedanken versunken zum Parkplatz, als ihm einfiel, dass Fuentes mit ihm hergekommen war … – „Gebrauch deinen Verstand … mi amigo!", benutzte er die Worte, die ihm Fuentes vor wenigen Stunden in den Mund gelegt hatte. Dass er „Idiot" durch „mi amigo" ersetzt hatte, würde ihm dieser wohl verzeihen. Er hing lächelnd seinen Gedanken nach und schlenderte weiter.

Wie aus einem Traum erwacht, blieb er plötzlich stehen. In seinem Unterbewusstsein war ihm etwas aufgefallen. Seiner

Intuition folgend ging er ein paar Schritte zurück und sah sie. Wenige Meter von ihm entfernt, in einer kleinen Parkanlage, kauerte im Dunkeln eine Gestalt auf einer Parkbank im Verborgenen. Er trat vorsichtig näher, merkte aber rasch, dass keine Bedrohung von ihr ausging. Es war Carmen, die leise schluchzend im Dunkeln saß.

„Carmen?“, fragte er behutsam, als er neben ihr stand. Carmen stieß ein kurzes „Ah!“ aus und stand blitzschnell in geduckter Körperhaltung auf ihren Füßen. García, ebenfalls zu Tode erschrocken, fühlte, wie sein Herzschlag schneller ging, und erhob langsam die Hände. „Ich bin's, Miguel.“

„Spinnst du, mich derart zu erschrecken?“, fragte sie bebend vor Zorn. – „Es tut mir leid. Ich habe jemanden bemerkt, und als ich dich erkannte, versuchte ich dich anzusprechen, ohne dass du in Ohnmacht fällst.“ – „Was dir offensichtlich gelungen ist. Ich bin hellwach“, flachste sie zurück. – „Hast du Ärger, möchtest du darüber reden?“, fragte er und überlegte dabei, ob er sich mit irgendeinem geheimnisvollen Mutter-Teresa-Virus infiziert hatte. Was ging in ihm vor?

„Miguel?“ – „Ja …was hast du gesagt?“ – „Wir reden morgen darüber. O. k.?“ – „Ist gut“, atmete er auf. „Fährst du nach Hause?“ – „Ja, ich bin müde.“ – „Fährst du mich nach Hause?“ – „Bist du zu Fuß da?“ – „Nein, aber dann kann Fuentes meinen Wagen nehmen.“

Sie klappte ihren Mund überrascht zu, presste die Luft geräuschvoll durch die Nase und schüttelte ihren Lockenkopf. „In Ordnung. Soll ich dich morgen früh wieder abholen?“ – „Nein danke, das ist nicht nötig.“ – „Ist sieben Uhr recht oder soll ich dich lieber in den Hintern treten?“, knuffte sie ihm den Ellenbogen sanft in den Magen. – „Ich geb mich geschlagen. Sieben Uhr ist perfekt.“ García legte seinen Schlüssel unter die Sonnenblende, stieg in Carmens Mini und schrieb Fuentes eine SMS.

5. Juli 2007

London, Somerset House, 0.00 Uhr

Er ließ den Blick über den glitzernden Fluss schweifen. Der zwölfte Schlag von Big Ben war eben verklungen. Obwohl das London Eye nicht mehr beleuchtet war, sah die Stadt um Mitternacht noch faszinierender aus als tagsüber. Ein bisschen wehmütig bedauerte er es, niemals mehr als insgesamt eine Woche des Jahres in diesem Schmuckstück zu verbringen. Von seinem Jacuzzi aus, das auf dem Dach des Museums, hoch über dem Knie der Themse thronte, konnte er den Fluss in östlicher Richtung bis zur Tower Bridge und im Süden bis zur Vauxhall Bridge sehen, die den leuchtenden Abschluss bildete, bevor der Fluss wieder nach Westen drehte und aus seinem Blickfeld verschwand. Das erinnerte ihn immer wieder an die Begrenztheit, die Vergänglichkeit aller Dinge.

Nachdem er die Ausbildung in St. Moritz abgeschlossen hatte, wollte sein Vater, dass er in Oxford studierte. Er selbst hatte es vom einfachen Farmer zu Großgrundbesitz und Wohlstand gebracht und sich in Christchurch eine Residenz errichten lassen. Mit seinem Sohn hatte er große Pläne. Seine Karriere würde den Makel seines Urgroßvaters endlich beheben. Der hatte 1839 als verurteilter, zwanzigjähriger Gewaltverbrecher das Königreich verlassen müssen. Nach Neuseeland ausgeschifft, musste er fünfundzwanzig Jahre als Strafgefangener bei der Kolonialisierung mithelfen. Danach konnte er sich, inzwischen über fünfundvierzig Jahre alt, als freier Mann eine neue Existenz aufbauen. Getrieben von der fixen Idee, sich eines Tages am Britischen Imperium für die Schmach des Landesverweises und die Schinderei zu rächen, ordnete er seinem Wahn alles unter. Auf dem Sterbebett rang er 1889 seinem einzigen, siebzehnjährigen Sohn in seiner zerlumpten Hütte das Versprechen ab, sein Werk fortzuführen. Das British Empire hatte seinen Höhepunkt erreicht, ein Drittel der Weltbevölkerung stand unter Königin Victorias Herrschaft. Zwei Generationen später sollte die Saat endlich aufgehen.

Palmer trat 1961 mit neunzehn Jahren in Oxford zum Studium von Politik und Wirtschaft im renommierten Christchurch College an. Sein Vater hatte geglaubt, er würde sich durch den Namen der Institution im fernen England heimisch fühlen. Palmer nahm das Studium zunächst auf die leichte Schulter und genoss das Studentenleben in vollen Zügen. Wegen seinen Qualitäten war er als Medizinmann bald auf jeder Party ein gern gesehener Gast. In seinem letzten Jahr in St. Moritz hatte er Bekanntschaft mit LSD gemacht und sich durch sein Geschick schnell vom Gelegenheitskonsumenten zum Geschäftsmann entwickelt.

Dank seines gut gefüllten Vorratskoffers, mit dem er in Oxford eintraf, verfügte er schnell über die nötigen finanziellen Mittel, die ihn von den regelmäßigen, für einen bescheidenen Studienaufenthalt ausreichenden Überweisungen seines Vaters unabhängig machten. Das Verlangen der langsam erwachenden Hippiegeneration nach Sex and Drugs and Rock'n'Roll war ganz nach seinem Geschmack. Für sich selbst hatte er jedoch eine andere Lebensformel gefunden. Sex genoss er in vollen Zügen, Drogen mit Maß und die Musik vertauschte er mit Macht. Der Koffer war schneller leer, als er es sich in seinen kühnsten Träumen erhofft hatte. Er reiste regelmäßig in die Schweiz und ließ sich unterdessen in Oxford von einem Arzt und Kunden für vier Tage krankschreiben.

Als die Intervalle zu kurz wurden, gründete er die erste eigene Firma und beförderte den befreundeten Arzt kurzerhand offiziell zum Geschäftsführer. Als Generalimporteur des Medikaments Delysid, als welches LSD für Mediziner erhältlich war, kam er legal und ohne Zwischenhandel zu seinem Stoff.

Das Geschäft lief schlechter, als erwartet, weil er die legal importierten Medikamente nicht einfach als Drogen weiterverkaufen konnte. Er löste dieses Problem, indem er sein gut gefülltes Warenlager selbst ausraubte. Die eingeschaltete Polizei konnte die Täter nie ermitteln.

Der erhebliche Schaden wurde von der Versicherung zunächst nicht bezahlt, weil er zu wenig in die Sicherheit des Warenlagers investiert hatte. Dank eines Vergleichs vor Gericht, dem er wegen der eigenen Fehler zustimmen musste, konnte die Versicherung einen großen Erfolg feiern, musste sie doch nur die Hälfte der ganzen Schadensumme ausbezahlen. Aus Mitleid mit dem jungen, gescheiterten Geschäftsmann übernahm man großzügig die gesamten Gerichts- und Verfahrenskosten. Äußerlich geschlagen und innerlich jubilierend verließ Palmer den Gerichtssaal. Fortan sollte er in einer anderen Liga spielen. Palmers Aufstieg zu sagenhaftem Reichtum nahm seinen Anfang.

Im fernen Neuseeland indessen grämte sich sein Vater, der sich an der Firma des Sohnes finanziell beteiligt hatte, nachdem ihm dieser mit Begeisterung die offizielle Geschäftsidee präsentiert hatte. Er hatte nicht erwartet, dass die Studien bereits nach so kurzer Zeit unternehmerische Qualitäten in seinem Sohn zutage fördern würden. Auch wenn es mit gewissen Risiken verbunden war und obwohl er von diesem Geschäft keine Ahnung hatte, wollte er seinen Sohn bei seinen ersten Versuchen als Geschäftsmann unterstützen.

„Du kannst jederzeit bei mir einsteigen, mein Junge“, hatte er beim Verlassen des Gerichtssaals ernst zu Frank gesagt. „In weitere mir unvertraute Geschäftszweige werde ich jedoch keinen Dollar mehr investieren, auch wenn du noch so überzeugende Argumente hast.“ Beschämt blickte er seinen Vater an und nickte stumm.

Er wusste, dass er sich niemals ernsthaft für die Geschäfte seines Vaters interessieren würde. Diese waren ihm einerseits mit zu viel Arbeit und andererseits mit zu wenig Aufregung und Gewinn verbunden. Verwundert stellte er fest, dass die Schamgefühle seinem Vater gegenüber echt waren.

„Du musst aufpassen, dass du nicht langsam ein sentimentaler Trottel wirst", lachte Palmer, als er aus seinem Tagtraum erwachte. Er wuchtete sich aus seinem Jacuzzi und trocknete sich die Haut ab, die in der langen Zeit im Wasser ganz schrumpelig geworden war. Zum ersten Mal in den letzten Jahren sah er älter aus, als er war, was ihn mächtig ärgerte. Da half nur reichlich Schlaf, den er sich immer schon gegönnt hatte.

Diese Nacht würde es etwas weniger als üblich werden. Nach wenigen Minuten lag er im Bett. Am Morgen würde er gleich die Kosmetikerin kommen lassen, die zwar etwas nuttig aussah, ihr Handwerk aber perfekt beherrschte. Auszusehen wie ein gepflegter Fünfzigjähriger war in Ordnung, älter zu erscheinen als ein durchschnittlicher Fünfundfünfzigjähriger stand jedoch nicht zur Diskussion. Dafür war er zwischendurch sogar bereit, sich unter ein scharfes Messer zu legen.

Zum ersten Mal vermisste er Eva in seiner Höhle, die er hier noch nie hatte übernachten lassen. Er überprüfte sie mit regelmäßigen Tests, bei denen sie, scheinbar unbeobachtet und weit weg von ihm, sogenannten Lockvöglern ausgesetzt wurde. Diesen knackigen, sportlichen und intelligenten Männern hatte sie bisher bei jedem Test eine Abfuhr erteilt und es ihm später lachend berichtet. Natürlich war er jeweils bereits zuvor von seinen Leuten über den erfolgreichen Test informiert worden.

Er dachte an den tollen Sex, den sie zusammen hatten, und hoffte, bei der Vorstellung einen Ständer zu kriegen … Seine Hoffnung wurde, obwohl er dazu mit seinem Schwanz spielte, nicht erfüllt.

Ohne die blauen Wundertabletten, die er sich jeweils anonym besorgte, war da mit Gedanken nichts mehr zu machen. Bei besonders schwierigen Fällen hatte er auch schon zu der gleichen Spritze gegriffen, die Strauß seit seinem Zwischenfall, aber auch Querschnittgelähmte benutzten, wenn sie Sex haben wollten.

Die Erektion blieb jeweils bis zu zwölf Stunden bestehen, was ihn auch schon auf die Idee gebracht hatte, ein ganzes Damen-Volleyballteam zu beglücken. Beim Gedanken an die bildschönen kubanischen Volleyballerinnen, mit denen er im Zusammenhang mit seinem Hobby schon zu tun gehabt hatte, schlummerte er, wenn auch unbefriedigt, so doch zufrieden ein.

Polizeipräsidium Valencia, 7.30 Uhr

„Guten Morgen, Miguel! Bist du mit deinem neuen Freund noch durch die Straßen gezogen?“, zwinkerte ihm einer zu. „Bist du jetzt beim Präsidenten zum Dinner eingeladen?“, fragte ein anderer scherzhaft. „Wann trittst du eigentlich Fuentes endgültig in den Arsch? Der könnte wenigstens meinen Scheißjob bei den Ermittlungen übernehmen“, fragte ihn Ortega. So und ähnlich wurde er von mehreren Mitarbeitern angemacht. Er reagierte nicht darauf und war bestürzt, als ihm klar wurde, dass er bisher bei solchen Sprüchen immer munter mitgemacht hatte.

„Liebe Kolleginnen und Kollegen! Bevor wir mit dem Erfassen des Ermittlungsstands beginnen, möchte ich kurz ein paar persönliche Worte an euch richten. Es fällt mir nicht leicht, da ich in der ganzen Angelegenheit eine entscheidende Rolle spiele, weshalb ich nur von mir sprechen werde. Falls sich andere Anwesende auch betroffen fühlen, geschieht dies mit voller Absicht.“

Gespannt richteten sich alle Augen auf den Chefermittler. Alle waren neugierig, was für eine Bombe er platzen lassen würde.

„Carlos –“, sagte er mit hochgezogenen Augenbrauen und legte eine kurze Pause ein. Alle blickten zu Fuentes, einige in der Hoffnung, diesen unbrauchbaren Kollegen endlich loszuwerden. Sie sahen erfreut, wie Fuentes ängstlich zusammenzuckte.

„Carlos, ich möchte mich dafür, dass ich mich dir gegenüber manchmal, oft, ja eigentlich immer wie ein Arschloch benommen habe, in aller Form entschuldigen. Keiner von uns ist fehlerfrei und das ist auch gut so. Dass ich aber seit Jahren jeden Tag den gleichen Fehler wiederhole, dir Carlos keine Chance zu geben, dich nicht wirklich wie meinen Vize zu behandeln, dir gegenüber von vornherein negativ eingestellt bin und damit direkt den Erfolg unserer Arbeit behindere, ist unverzeihlich und unprofessionell.

Wie alle anderen wirst auch du in Zukunft deine Fehler machen. Ich verspreche dir jedoch, dass ich nicht mehr auf Fehler von dir warten werde, damit ich mein negatives Bild von dir zementieren kann. Ich werde mich in Zukunft bemühen, wie jeder gute Teamspieler gemeinsam mit allen anderen in die Lücke zu springen, wenn du strauchelst, so wie wir dies für jeden anderen der hier Anwesenden ohne zu zögern jeweils tun. Carlos, perdón, mi amigo, perdón!“

Die Stille im Konferenzraum war absolut. Die meisten starrten betroffen zu Boden, einige ungläubig auf García und nur einzelne scheinbar gelangweilt, als ob sie das Ganze nichts anginge. Den allermeisten war bei Garcías Worten klar geworden, wie recht er hatte.

„Bravo, Miguel, perdón, Carlos!“, sagte Carmen und fing an zu klatschen. Erleichtert machten einige sofort und nach kurzer Zeit alle, außer Fuentes und García, mit.

„Ruhe!“, schrie García. „Hört auf!“ Als die verdatterten Beamten wieder ruhig waren, sagte García: „Ich denke, Applaus ist fehl am Platz. Ich habe bestimmt keinen Applaus verdient und Fuentes zu applaudieren dafür, dass wir ihn jahrelang mies behandelt haben, ist wohl auch deplatziert ..."

Alle außer Carmen schauten betroffen. „Ich habe für Fuentes geklatscht", sagte sie keck. „Für die längst fällige und endlich erfolgte Beförderung von Carlos zu deinem Stellvertreter, Miguel. Herzliche Gratulation zur Beförderung, Carlos!", rief sie und stand klatschend auf.

Alle außer Fuentes, der gerührt auf seinem Stuhl sitzen geblieben war, applaudierten nun kräftig mit. „Carlos! Du hast das Schlusswort, bevor wir mit den Ergebnissen anfangen." Verlegen blickte Fuentes um sich, stand auf und räusperte sich: „Liebe Kolleginnen und Kollegen! Das Wichtigste ist gesagt worden. Ich danke Miguel für den Mut, über seinen eigenen Schatten zu springen, und hoffe, dass wir diesen Neustart gemeinsam schaffen. Ich könnte jetzt eine kurze Pause vertragen und schlage vor, dass wir in zehn Minuten weitermachen."

Dem zustimmenden Applaus konnte man entnehmen, dass der Vorschlag akzeptiert worden war, ohne dass man zuerst den Chef hätte um Erlaubnis fragen müssen. Man hatte Fuentes nach vier Jahren seine Stelle antreten lassen. Endlich.

London, 7.30 Uhr

(Diferenz MESZ – 1 Stunde)

„Oh nein! – Nicht sie! – Du verdammter Hurensohn!" Die Tränen schossen ihr in die Augen und sie wischte sie mit dem Handrücken weg. Aber sie ließen sich nicht einfach aufhalten. Das Bild blieb verschwommen, die Nachricht aber, die kurze Zeit zuvor ins Netz gestellt worden war, verlor nichts von ihrer Klarheit.

Sie waren sich ein paarmal begegnet, ohne sich kennengelernt zu haben. Einmal, am Strand von Dubai, wo die Segler mit ihren Frauen in einem Trainingscamp waren, hatten sie sogar ein paar Worte gewechselt. Sie war eine so fröhliche Frau gewesen. Ihr glockenhelles Lachen und ihr makelloses Gesicht mit den klassischen Zügen, den dunklen, ausdrucksstarken Augen und dem schwarzen Lockenkopf waren schon ungewöhnlich genug. Zusammen mit der sportlichen und doch weiblichen Figur jedoch war sie schlicht atemberaubend.

Sie war eifersüchtig gewesen und hatte die junge Frau um ihr glückliches und unkompliziertes Leben beneidet. Sie hätte sofort mit ihr getauscht, wenn das möglich gewesen wäre. Sie selbst war zwar ebenfalls wunderschön, aber eben ohne das unkomplizierte Leben und ohne das Glück. Letzteres hatte nun jedoch auch die scheinbar Glücklichere an den letzten beiden Tagen gründlich im Stich gelassen und ihr alles genommen.

Eigentlich hatte sie nur kurz ihre Mails checken wollen und klickte gewohnheitshalber noch auf den Browser.

„Angebissenes Obst? Das kann ja wohl nicht dein Ernst sein? Lass mich dir einen anständigen Computer schenken!“, hatte er sie immer auf den Arm genommen.

Als sie die neusten Nachrichten auf der Hauptseite von CNN sah, glaubte sie in ein Loch zu stürzen. „New victim in Spanish tragedy!“, war unter „Latest news“ zu lesen. Sie fühlte, wie der Schwindel und die Übelkeit in ihr hochstiegen, und legte sich kurz hin.

„Ich muss zu ihm, sofort“, wirbelte es durch ihr Bewusstsein. Sie fühlte eine große Hoffnungslosigkeit, konnte diese jedoch nicht recht fassen. Plötzlich zuckte sie im Bett auf, so wie es ihr manchmal im Dämmerzustand zwischen Wachsein und Schon-Schlafen passierte, wenn sie plötzlich stolperte und dabei wieder hellwach wurde.

Nein, sie war nicht gestolpert. Sie hatte einen gewaltigen Schlag eingefangen, lag hellwach da und dachte: „Jetzt ist alles aus.“ In diesem Moment hasste sie ihn wie noch nie zuvor. Trotzdem bestellte sie Frühstück für zwei und machte sich damit auf den Weg zu ihm. Sie hatte keine andere Wahl.

Polizeipräsidium Valencia, 8.15 Uhr

„Bitte schaltet eure Handys aus! Alle!“, bat García, nachdem er selbst vor knapp einer Minute einen Anruf auf sein Handy bekommen hatte und es, ohne das Display zu beachten, umgehend ausgeschaltet hatte. Nun klingelte schon wieder eines und Carmen hob entschuldigend ihre Hände. García hatte gerade erklärt, dass er seit dem gestrigen Tag zwar einen neuen Stellvertreter aber keine neuen Erkenntnisse gewonnen hatte.

Auch Fuentes hatte sich kurz gefasst. Während Ortega bei seinen Ergebnissen war und bereits zweimal durch Telefonate unterbrochen worden war, klopfte es an die Tür. Es wurde still im Raum und alle blickten zu García.

„Was ist los?“, brüllte er. Die Tür öffnete sich und einer der Neuen, der im Moment in der Telefonzentrale Anrufe von Zeugen entgegennahm und deshalb hier fehlte, streckte den Kopf herein. „Kann ich dich kurz sprechen, Miguel?“, fragte er. – „Geht's um den Fall?“ – „Ich glaube, ja.“ – „Was soll das heißen? Wir wollen hier nicht gestört werden.“ – „Dolores Márquez ist vor fünf Minuten in der Uniklinik gestorben. Sie hat ihr Bewusstsein nicht mehr wiedererlangt …“

Als der Beamte sah, welche Betroffenheit seine Nachricht auslöste, schloss er leise die Tür und ging konsterniert zurück zu seinem Telefon.

„Scheiße“, flüsterte García in seinen eigenen Schädel hinein, der vollkommen leer zu sein schien. „Was für eine verdammte Ungerechtigkeit!“ Obwohl er Dolores nur bewusstlos in ihrem Bett hatte liegen sehen, hatte sie es geschafft, ihn zu berühren. Aus unerklärlichen Gründen hatte er große Hoffnungen mit dem Erwachen dieser Frau verknüpft. Er war überzeugt gewesen, dass sie ihm wichtige Hinweise auf den Mörder hätte liefern können.

„Die Hoffnung stirbt zuletzt“, hauchte eine zarte Frauenstimme in eine Seifenblase, die nun ganz sanft durch seinen Kopf schwebte. Er sah ihr hinterher und hatte Angst mit ansehen zu müssen, wie sie platzte. „Bist du jetzt ein völliges Weichei geworden?“, provozierte ihn der innere Schweinehund und grinste ihn dreckig an.

„Ich weiß nicht, wie es euch geht, aber ich kann im Moment keinen klaren Gedanken fassen. Ich schlage vor, dass jeder mit seiner Arbeit weitermacht und dass wir statt des Rapports morgen früh um acht heute um 17.00 Uhr noch einmal zusammenkommen. Falls jemand verhindert ist, will ich das anschließend wissen. In diesem Fall muss ich vor

17.00 Uhr schriftlich über die wichtigsten Erkenntnisse informiert werden. Falls jemand jetzt über Informationen verfügt, die für alle von Bedeutung sind, soll er es kurz mitteilen. Carmen – bitte!"

„Seven Jones scheint mir nicht so dringend tatverdächtig zu sein, wie es noch vorgestern den Anschein hatte. Zur Sicherheit werde ich ihn umgehend weiter befragen und heute Abend Konkreteres wissen. Ich beantrage, dass wir die Bewachung in der Uniklinik aufheben."

„Einwände?" – „In Ordnung, Carmen. Schick den Beamten zurück auf seinen Posten! – Ramírez!"

„Die Befragung der Crew hat ergeben, dass Mombelli in den letzten Tagen wiederholt mehr als nur unzufrieden mit JC Duval gewesen ist. Nach den zwei Niederlagen soll er ihn teilweise massiv angegriffen haben. Er soll ihm sogar damit gedroht haben, ihn durch seinen Ersatzmann der SUI 999 zu ersetzen, was in dieser Situation nichts anderes als die Höchststrafe bedeutet hätte." – „Von wie vielen Mitgliedern wurde diese Aussage bestätigt?" – „Sie wurde, unabhängig voneinander und ohne dass man darauf hinausgewollt hätte, von drei Mitgliedern bestätigt. Einer sagte sogar, dass Mombelli noch während des letzten Rennens fürchterlich getobt habe, als das Boot, das um mehr als hundert Meter, plus eine Strafe, in Führung gelegen hatte, plötzlich weniger als hundert Meter vor dem Ziel stillstand, während das andere Boot dahinter rechtzeitig die Seite gewechselt hatte und weiterhin gute Fahrt machte.

Die Schweizer mussten von ihrem Parkplatz aus zuschauen, wie der vermeintlich geschlagene Gegner an ihnen vorbeisegelte und zum Strafmanöver, einer Drehung um die eigene Achse von mindestens 270 °, ansetzte.

Gemäß Aussage des Steuermanns sollen dabei keine Nettigkeiten ausgetauscht worden sein."

„Was hatte denn JC Duval mit dieser Panne zu schaffen?", hakte Fuentes nach. – „Duval war dafür verantwortlich, oben auf dem Mast nach dem besten Wind Ausschau zu halten. Dabei hat er sich einige Patzer geleistet oder anders gesagt: Die Neuseeländer haben bezüglich der Windeinschätzung deutlich bessere Arbeit geleistet."

„Danke, Ramírez! Bleib mit deinen Leuten dran und befrag jeden, der sich dazu noch nicht geäußert hat, konkret zu diesen Vorfällen!" – „Die ganze Mannschaft plant heute um 15.00 Uhr nach Genf zu fliegen." – „Wozu denn das?", fragte García erschrocken. – „Sie wollen an einem Fest der Stadt Genf teilnehmen, das ab morgen Nachmittag steigt."

„Na bravo. In dem Fall soll jeder, der irgendwie verfügbar ist, auf dem schnellsten Weg in die Segelbasis fahren, damit wir diese Einvernahmen durchführen können. Diejenigen, welche nach Genf fliegen, werden zuerst befragt, alle anderen danach. 15.00 Uhr reicht nicht, die sollen ihren Flug um mindestens zwei Stunden auf 17.00 Uhr verschieben. Ortega, du gehst mit sechs deiner acht Leute mit! Gibt es weitere dringende Informationen? Wenn nicht, machen wir jetzt Schluss. An die Arbeit, Freunde!"

Telefonzentrale zur Befragung möglicher Zeugen, 8.45 Uhr

„Ja, hören Sie, Herr Kommissar, ich habe einen Nachbarn, der hat immer über diese Segler geschimpft. Das sei alles zu teuer und er sei dagegen, dass man mit öffentlichen Geldern einen Jachthafen für Superreiche finanziere, und jetzt ist das mit dem Mann passiert … Ich bin überzeugt, dass er etwas mit dem

Verbrechen zu tun hat. Er spricht auch seit Längerem nicht mehr mit mir und benimmt sich äußerst verdächtig. Wann werden Sie meinen Nachbarn endlich verhaften? Ich fühle mich sehr bedroht. Erhalte ich nun Polizeischutz?"

So und ähnlich klangen mehr als die Hälfte der Anrufe. Es war kaum zu ertragen, mit was für blöden Anschuldigungen manche Menschen sich wichtig machen wollten.

Für solche Zeitverschwendung hatte er sich nicht zum Polizeidienst gemeldet. Es war ihm auch unbegreiflich, weshalb all die Kolleginnen und Kollegen so heftig auf die Nachricht vom Tod dieser Dolores reagiert hatten. Er war normalerweise mit anderen Arbeiten beschäftigt und hatte bisher immer gedacht, dass die Leute rund um Hauptkommissar García hart im Nehmen wären. Er begann zu ahnen, dass es auch eines gewissen Maßes an persönlicher Betroffenheit bedurfte, wenn man diese Arbeit erfolgreich erledigen wollte. Dass sie hingegen so groß war, erstaunte ihn. Immer noch überzeugt von der Sinnlosigkeit seiner Tätigkeit nahm er sich die Adresse des nächsten Zeugen vor und rief an: „Sí!", meldete sich die Stimme eines älteren Mannes, worauf sich der junge Polizist vorstellte und sein Anliegen formulierte. – „Na endlich, das hat aber lange gedauert! Ihr solltet vielleicht ein bisschen mehr arbeiten. Anscheinend habt ihr ja nicht den Hauch einer Spur."

Sogar die allerersten, welche man am Morgen nach dem Verbrechen angerufen hatte, hatten sich schon darüber beklagt, warum die Polizei nicht bereits am Tag zuvor angerufen habe, und wenn man gewusst hätte, dass man am frühen Morgen aus dem Bett geholt würde, hätte man sich nicht bereit erklärt, der Polizei zu helfen. Ein bisschen Dankbarkeit habe man schon erwartet.

„Wissen Sie, junger Mann, ich habe seit Jahren ein Hobby, Sie müssen wissen, ich bin in diesem Jahr achtzig Jahre alt geworden und seit meiner Pensionierung vor fünfzehn Jahren ... – übrigens, hier in Spanien haben wir ja im Vergleich zu den anderen Staaten in Europa einen katastrophalen Lohn. Das habe ich im Internet gelesen. Sie müssen nur ‚Pensionierung Lehrer' + ‚Spanien' bei Google eingeben, junger Mann, dann finden Sie unter PubPage das Informationsnetz zum Bildungswesen in Europa und da steht es schwarz auf weiß, eigentlich ist es ja farbig, aber …"

Wie viele seiner Berufskollegen litt auch dieser Herr unter einem hartnäckigen, chronischen Sprechdurchfall. Der junge Beamte hörte ihm ein paar Minuten zu, bevor er ihn endlich unterbrach. „Entschuldigen Sie, Señor! Welchen wichtigen, sachdienlichen Hinweis haben Sie für uns?" – „Ja, so lassen Sie mich doch ausreden! Eine Frechheit ist das. Wie heißen Sie?" – „Polizeiaspirant Fernando González, Señor." – „Unter General Franco herrschte noch Zucht und Ordnung. Niemals hätte damals einer meiner Schüler es gewagt, mich zu unterbrechen. Wie alt sind Sie, junger Mann?"

Genervt antwortete González: „22 Jahre, Señor." – „Eine Frechheit, was man sich als verdientes Mitglied der Gesellschaft alles bieten lassen muss. Ich werde mich bei Ihrem Vorgesetzten beschweren." – „Ja, Señor, tun Sie das!", reagierte González gelassen. Diese Drohung hatte er schon mehrmals gehört und bisher hatte sich niemand die Mühe genommen, sie auch in die Tat umzusetzen. Zudem wurden die Gespräche aufgezeichnet und er hatte auch dieses Mal keinen Grund, sich vor Konsequenzen zu fürchten. Er war anständig und korrekt geblieben.

„Señor, ich muss Sie bitten, mir endlich mitzuteilen, weshalb ich Sie unbedingt anrufen sollte." – „Das könnte Ihnen so passen. Sie hören von mir, junger Mann", sagte der Alte und legte auf. González schüttelte den Kopf und legte auch auf. Fast zwanzig Minuten hatte der Monolog gedauert. Wieder ein sinnloser Anruf mehr. Verbittert dachte er an die Steuergelder, die bei solchen Aktionen verschleudert wurden, und ärgerte sich nun auch über seine Vorgesetzten, die solche Aktionen auch noch anordneten.

„Ich geh in die Kantine“, sagte er zu seiner Kollegin, die die Augen verdrehte und ihm zunickte. Anscheinend hatte auch sie einen schwierigen Kunden am Apparat. González gab ihr ein Zeichen, worauf sie die Hand auf die Sprechmuschel drückte und den Hörer vom Ohr nahm. „Ich brauche eine Pause. Mein Letzter war pensionierter Lehrer. Ein Horror, kann ich dir sagen.“ – „Vielleicht haben alle Einsamen und Frustrierten in diesem Land ihre Adresse in unsere Körbe gelegt.“ – „Und alle anderen ihren Müll“, lächelte er ihr zu. – „Apropos einsam und frustriert. Hast du heute Abend schon etwas vor?“ – „Wir reden später darüber. Der Alte kommt.“

Ortega betrat die Telefonzentrale, die sie im kleinen Konferenzzimmer eingerichtet hatten. Ihm folgten die sechs Kolleginnen und Kollegen, die während der letzten zwei Tage ebenfalls als Fußabtreter gedient hatten. Sie drückte rechtzeitig den Hörer ans Ohr und lächelte González mit erhobenem Daumen an. „Wenigstens etwas Positives an diesem beschissenen Tag“, dachte der und wollte in die Pause gehen. – „Nicht so hastig, Kollege!“, hielt ihn Ortega auf. „Es gibt eine Änderung im Diensteinsatzplan …“

„Hallo, spreche ich mit die Polizei von Valencia?“, fragte die dunkle Frauenstimme mit dem starken englischen Akzent. „Ja, Sie haben die Hauptnummer des Polizeipräsidiums gewählt.“ – „Können Sie geben mir der Inspektor für Mord bitte?“ – „Señor García ist leider bei einer Besprechung. Worum geht es denn?“ Umständlich erklärte die Frau ihr Anliegen und wurde danach an González weitergeleitet, der seine Kaffeepause hatte verschieben müssen.

„Noch ein schwieriger Fall“, dachte er und verdrehte die Augen in Richtung seiner attraktiven Kollegin, die ihn anlächelte. Wenigstens konnte er mit ihr zusammenbleiben, während alle anderen zu den dringenden Befragungen der Segler davongestürmt waren.

Port America's Cup, 9.30 Uhr

Mombellis Sekretärin hatte nicht begeistert geklungen, hatte ihm jedoch schließlich doch noch einen kurzfristigen Termin bei ihrem Chef gegeben. Da bereits erste Verhandlungen betreffend der nächsten Austragung der Wettkämpfe stattfanden, war auch sein Anwalt vor Ort.

Nun saß García ihm erneut gegenüber. Im Gegensatz zum ersten Gespräch, bei dem Mombelli abwesend, unkonzentriert und kooperationsbereit gewesen war, schien er dieses Mal gut vorbereitet, konzentriert und äußerst reserviert zu sein. Trotzdem hatte García den Eindruck, Mombelli sei immer noch erschüttert über den Tod seines Mitarbeiters.

„Entschuldigen Sie die Unannehmlichkeiten, Señor, aber es ist bestimmt auch in Ihrem Interesse, dass dieser Fall so schnell wie möglich aufgeklärt wird", leitete er die Befragung ein. Er hatte sich vorgenommen, der delikaten Situation für ganz Valencia Rechnung zu tragen und möglichst diplomatisch vorzugehen, was nicht gerade seine große Stärke war.

„Mein Mandant ist bereit zu kooperieren, verwahrt sich jedoch dagegen, dass diese Einvernahme gefilmt wird." – „Dies ist bei uns so üblich ..." – „Lassen Sie es gut sein, Inspektor!", unterbrach ihn der Stadtpräsident, der darauf bestanden hatte, zusammen mit dem Polizeipräsidenten der Befragung beizuwohnen.

„Señor Mombelli, wir anerkennen und schätzen die großen Verdienste, welche Sie zum Nutzen unserer geliebten Heimatstadt und somit zum Wohl von uns allen geleistet haben. Wir sind uns bewusst, dass es einer Person von Ihrem Rang und Namen und mit Ihrem öffentlichen Renommee nicht förderlich ist, wie ein Schwerverbrecher behandelt zu werden", dabei schaute er García tadelnd an, während der Polizeipräsident diesem gleichzeitig beschwichtigend die Hand auf den Arm legte.

„Wir werden dafür sorgen, dass es nicht so weit kommt, und werden Ihre Wünsche selbstverständlich berücksichtigen." García war beinahe der Kragen geplatzt, während der Stadtpräsident seine Schleimspur hinterlassen hatte. Wie sollte er unter diesen Umständen arbeiten können? Hätte ihm nicht der Chef persönlich durch die kleine Geste seine Solidarität bekundet, wäre er wie ein ausbrechender Vulkan explodiert und völlig ausgerastet. Da war sie wieder, die Mauer. Von dieser Kollision hätte er sich jedoch nicht so ohne Weiteres erholt, wurde ihm schlagartig bewusst.

„Monsieur le président", meldete sich nun auch Mombelli zu Wort, „die Chancen dafür, dass der nächste America's Cup in Ihrer Stadt durchgeführt wird, stehen sehr gut. Das heutige Gespräch wird jedoch für die Entscheidungsgrundlage eine geringe Rolle spielen, sofern sich Inspektor García mir gegenüber fair verhält, wovon ich ausgehe. Ich werde, wie Sie vielleicht wissen, heute Abend in meiner Heimatstadt erwartet. Dem ganzen Team wird heute Abend in Genf von der Stadtregierung ein würdiger Empfang bereitet. Morgen werden wir von der Kantonsregierung empfangen und am Samstag wird es in Genf ein Rockkonzert für alle Einwohner geben. Anschließend werden wir ein Fest feiern. Wir haben intern darüber diskutiert, ob wir dies trotz des schrecklichen Verbrechens ethisch verantworten können, und sind zum Ergebnis gekommen, dass JC nicht gewollt hätte, dass wir alles abblasen. Sie können versichert sein, dass wir bei all diesen Anlässen JC und Dolores, die den Mördern auch zum Opfer gefallen ist, mit dem erforderlichen Respekt würdigen und einbeziehen werden. JC hätte es als Letzter gewollt, dass wir trübselig herumsitzen und uns der Trauer hingebend in einem Loch verkriechen. Wie mein Anwalt eingangs erwähnt hat, bin ich sehr daran interessiert, dass die Schweine, die JC, Dolores und uns allen das angetan haben, sobald wie möglich gefasst werden. Dolores wurde vor drei Jahren, als wir unsere Kampagne hier gestartet hatten, von meiner Frau als Kindermädchen engagiert. Wir haben sie seither sehr gut kennengelernt und betrachten sie …", er stockte und seine Augen begannen feucht zu werden. „Sie gehörte zu unserer Familie. Für meine Frau wurde sie eine gute Freundin und meine Kinder liebten sie von ganzem Herzen. Ich bitte die Herren, die normalerweise nicht an Befragungen teilnehmen, den Raum zu verlassen, damit Señor García seine Arbeit tun kann. Wenn Sie mir versichern, dass die Aufnahmen nicht in falsche Hände geraten, bin ich auch damit einverstanden, dass gefilmt wird."

Der Anwalt wollte noch einen Einspruch geltend machen, aber ein Blick seines Chefs ließ ihn verstummen, bevor er einen Laut von sich geben konnte.

Betroffen der eine und erleichtert der andere, hatten sich die beiden Präsidenten erhoben und verließen mit einem stummen Nicken und einem Händedruck den Raum.

„Carlos, dich hat Señor Mombelli nicht gemeint. Zwar ist es nicht üblich, dass beide leitenden Ermittler eine Befragung gemeinsam durchführen, aber ich hielt es für angebracht, dass mein Stellvertreter hier anwesend ist." Mombelli deutete, ebenfalls mit einem Nicken, sein Einverständnis an und Fuentes setzte sich erfreut und erstaunt wieder neben García, wo er dem Anwalt gegenübersaß.

„Mein herzliches Beileid! Obwohl wir Dolores nicht kannten, hat auch uns ihr Schicksal sehr berührt. Kollege Fuentes und ich haben gemeinsam an ihrem Bett gewacht und um ihr Leben gebangt."

„Danke. Hat Dolores – noch gesprochen, bevor sie …?" – „Nein, sie hat nach ihrem Zusammenbruch auf der Basis das Bewusstsein nicht mehr wiedererlangt. Dolores war schwanger und erlitt beim Anblick ihres ermordeten Geliebten eine Fehlgeburt mit starken Blutungen …"

„Mon Dieu!“, entfuhr es Mombelli. „Wie schrecklich!“ – „Daran ist sie letztlich gestorben. Wussten Sie, dass sie schwanger war?“ – „Nein, ich hatte keine Ahnung und auch meine Frau nicht, sonst hätte sie es mir sicher erzählt.“ Seine Bestürzung schien echt zu sein. Trotzdem schrillte weit hinten in Garcías Hirn eine Alarmglocke. War Dolores mehr als nur das Kindermädchen von Mombelli gewesen?

„Wenn es Ihnen recht ist, möchte ich nun mit unserer Einvernahme fortfahren.“ – „Ja, bitte.“ – „Wie standen Sie zu JC Duval?“, stellte er dieselbe Frage bewusst noch einmal, die er schon zwei Tage zuvor gestellt hatte.

„JC war mir seit Langem als ausgezeichneter Segler bekannt. Bevor ich die Firma von meinem Großvater übernahm, war der Segelsport mein Leben gewesen. Ich begann bereits als Kind, noch bevor ich die Schule besuchte, mit einem Opti, einer Seifenkiste mit Segel, zu segeln, den ich von meinem Vater zum vierten Geburtstag bekommen hatte.

So steigerte ich mich Bootsklasse um Bootsklasse. Mit fünfzehn Jahren wollte ich mein Leben ganz dem Segelsport widmen und an Olympischen Spielen teilnehmen – entschuldigen Sie bitte, ich werde mich kürzer fassen: Mein Vater wurde krank und ich wurde dazu gedrängt, mich auf die Aufgaben eines Konzernchefs vorzubereiten. Ich konnte nur noch in meiner Freizeit segeln, erzielte aber bei den größten Regatten in der Schweiz immer wieder schöne Erfolge. Als die Firma reorganisiert und meine Anwesenheit nicht mehr permanent erforderlich war, verwirklichte ich mir meinen Jugendtraum.

Ich war fit und in einem Alter, in dem ich als aktiver Segler noch einmal in einem Spitzenteam mitsegeln konnte. So entschied ich mich, alles auf eine Karte zu setzen und ein konkurrenzfähiges America's Cup-Team auf die Beine zu stellen. Da ich nicht einfach mitmachen, sondern siegen wollte, verpflichtete ich die besten Segler der Welt, um meinen Traum zu verwirklichen. JC gehörte zu diesen besten Seglern der Welt, und deshalb war er mit dabei.“

So interessant diese Ausführungen auch sein mochten, sie beantworteten Garcías Frage nicht. „Was für ein Verhältnis hatten Sie zu JC Duval?" – „Natürlich, entschuldigen Sie bitte! JC war einer der wenigen im Team, die Französisch sprachen. Auf dem Boot war er sogar der Einzige. Ich mochte ihn sehr, weil er immer für gute Stimmung auf dem Boot sorgte. Seit er mit Dolores zusammen war, hatte er auch zu meinen Kindern guten Kontakt und sie fragten Dolores immer wieder, wann JC das nächste Mal kommen würde. Sie liebten es, mit ihm herumzualbern.

Mein Verhältnis zu JC im Team war ausgezeichnet. Als Chef war ich logischerweise nicht immer zufrieden mit meinem Team, was auch auf JC zutraf."

„Können Sie etwas konkreter werden, bitte?" – „Nun ja. Bevor wir hierherkamen, hatten wir jedes Rennen gewonnen. Eine Niederlage im America's Cup ist nicht das, was ich als Chef des Unternehmens anstrebe. Ja, es hat teilweise harte Worte gegeben nach Niederlagen. Ich hasse es zu verlieren. Wie sieht's bei Ihnen aus?" – „Nun ja, wer verliert schon gerne?" – „Eben!"

„Wie haben Sie die Niederlagen im Team verarbeitet?" – „Ob Sieg oder Niederlage, jedes Rennen läuft nach dem gleichen Prozedere ab. Bevor wir mit unserem Trainingsboot, der SUI 999, aufs Wasser gehen, haben wir eine Teamsitzung, ein sogenanntes Briefing. Dabei werden die Strategien für das Rennen und die konkreten Vorbereitungsmaßnahmen kommuniziert." – „Wer übernimmt das?" – „Die Einleitung und den Schluss übernehme ich. Die Informationen über Wetterprognosen, die zu erwartende Windstärke, die Windrichtung, die Windentwicklung sowie der mutmaßliche Wellengang werden vom sportlichen Leiter erläutert. Die Strategie und die Taktik, insbesondere beim Startprozedere, kommuniziert der Skipper." – „Der Steuermann?" – „Nicht unbedingt. Bei uns sind der Skipper und der Steuermann zwei verschiedene Positionen. Das Zusammenspiel dieser beiden muss ausgezeichnet klappen."

„Wie funktioniert das Team während des Rennens?" – „Da ist der Skipper der alleinige Chef auf dem Boot. Er trifft die Entscheidungen, stützt sich dabei jedoch auf die Informationen seiner engsten Mitarbeiter." – „War JC einer dieser Mitarbeiter?" – „Ja, definitiv. Er lieferte Informationen, die für die Entscheidungen des Skippers von großer Bedeutung waren."

„Was lief nach den Rennen ab?" – „Nach den Wettkämpfen erfolgte ein Debriefing, in dem wir das Rennen noch einmal genau analysierten und auch darüber diskutierten, was man hätte besser machen können."

„Was hatte JC für eine Funktion?" – „JC gehörte als Traveler zum Team der Strategen. Er war unter anderem zuständig dafür, auf dem Mast nach dem besten Wind Ausschau zu halten und die entsprechenden Prognosen an den Chefstrategen weiterzuleiten."

„Waren Sie mit den Leistungen von JC zufrieden?" – „Ja, natürlich, was soll das heißen? Wir haben 5:2 gewonnen. Ich war mit jedem aus dem Team sehr zufrieden."

„Galt das auch beim letzten Rennen?" – „Was für eine Frage! Natürlich war ich auch beim letzten Rennen überaus zufrieden mit meinem Team. Wir lagen uns alle überglücklich in den Armen. Wir hatten den Cup gewonnen!"

„Entschuldigen Sie bitte, aber ich habe darüber andere Informationen erhalten. Konkret sollen Sie JC heftig kritisiert haben, als Ihr Team kurz vor dem Ziel plötzlich in einer Flaute stehen blieb, während der Gegner, der auf der Vortrittsseite weit rechts segelnd über hundert Meter zurücklag, aufholte und an Ihrem Team vorbeizog. Sie sollen JC in einem vorherigen Matchrace sogar mit dem Rausschmiss bedroht haben."

Nach einer längeren Pause antwortete Mombelli: „Ja, Sie haben recht. Natürlich war ich wütend und es machte mich rasend, zusehen zu müssen, wie die anderen, die eigentlich schon geschlagen waren, glücklicher, aber auch cleverer als wir vorgingen. JC meldete, dass es auf Backbord die günstigeren Winde geben würde als steuerbords. Wir kontrollierten den Gegner nicht mehr und entschieden uns aufgrund von JCs Einschätzung, auf der linken Seite zu bleiben."

„Haben Sie JC mit dem Rauswurf bedroht?" – „Nein, das konnte ich gar nicht, weil er oben auf dem Mast war. Vielleicht habe ich gesagt, ich würde ihn in den Hintern treten, oder sonst etwas Unüberlegtes. Ich war in diesem Moment sehr aufgebracht und auch sehr emotional. Da kann einem etwas herausrutschen, was man später bereut. Ist Ihnen das noch nie passiert?" – „Zum letzten Mal beinahe ..."

„... bei der kleinen Ansprache des Stadtpräsidenten", wollte García den Satz beenden, als er mit Schrecken bemerkte, dass die Kamera mitlief.

„Ja, natürlich. Das ist mir auch schon passiert, aber es ist noch nie vorgekommen, dass ein Beschuldigter eine halbe Stunde nach einem Streit mit mir tot war."

Nun blickte Mombelli zum ersten Mal zu seinem Anwalt, der schon lange auf seinen Auftritt gewartet hatte. „Wir verbitten uns Mutmaßungen, welche meinen Mandanten als potenziellen Mörder verdächtigen. Dazu verweigern wir sämtliche Aussagen. Gemäß Paragraf ..."

„Lass es, Laurent! Es reicht", bremste Mombelli seinen Anwalt, der dabei war, mit Kanonen auf Spatzen zu schießen. „Ich muss mich entschuldigen. Natürlich müssen Sie mich verdächtigen und diesen Spuren und Aussagen nachgehen. Es ist für mich jedoch sehr ungewöhnlich, mit einem derartigen Verbrechen als Täter in Verbindung gebracht zu werden. Ich war zwar der Arbeitgeber von JC, aber er war auch etwas wie ein Freund für mich und meine ganze Familie, zumal er eben mit Dolores liiert war.

Stellen Sie sich vor, ein Mensch, den sie lieben, nein, zwei Menschen, die Sie lieben, werden umgebracht! Bevor Sie recht begreifen können, was da passiert ist, werden Sie mitten in der Trauer mit dem Vorwurf konfrontiert, dass Sie der Mörder oder der Drahtzieher sein könnten. Dass ich der Mörder oder einer der Mörder bin, wird für Sie ja wohl nicht in Betracht kommen?"

„Nein, Sie können nicht der Täter, sehr wohl aber der Auftraggeber …" – „Ich muss doch sehr bitten!", schaltete sich der Anwalt wiederum ein, worauf Mombelli ihm ins Wort fiel: „Laurent, lass es! Wenn ich dich brauche, sage ich es schon. Lass Señor García fortfahren, bitte!"

„Ich muss herausfinden, wer die Tat begangen hat und wer den Auftrag dazu erteilte. Ich bin überzeugt, dass es sich hier um mehr als nur einen Täter und zusätzlich um einen Auftraggeber gehandelt hat. Ja, auch da haben Sie recht. Ich wäre stinksauer, wenn ich verdächtigt würde, einen Mord an einer von mir geliebten Person begangen zu haben … Aber auch wenn ich es getan hätte, würde ich so reagieren."

„Sie sind hartnäckig und ich bin froh darüber. Wäre dies anders, müsste ich befürchten, dass der Mord niemals aufgeklärt wird. So bin ich überzeugt, dass Sie die Täter und den Auftraggeber so lange jagen werden, bis sie hinter Gittern sind. Haben Sie weitere Fragen?"

„Gab es schon vorher Situationen, bei denen Sie Differenzen mit JC gehabt hatten?" – „Ja, die gab es. Es war in der Tat so, dass JC offenbar mehrere schlechte Tage erwischt hatte und wir so mehrmals in arge Bedrängnis gerieten. Nun, da ich weiß, dass Dolores schwanger war, habe ich endlich eine mögliche Erklärung für die Aussetzer, welche sich JC geleistet hatte."

„Dolores wusste erst seit dem Morgen des 3. Juli, dass sie schwanger war. Der Test war noch in ihrer Handtasche, die wir auf dem Pier sichergestellt haben. Der Gerichtsmediziner konnte feststellen, dass der Test am Morgen des 3. Juli zwischen 6.00 Uhr und 9.00 Uhr gemacht worden war." – „Dann hat er es noch gar nicht gewusst?" – „Davon gehen wir aus."

„Haben Sie sonst noch Fragen?", meinte Mombelli, nun wieder abwesend wie beim ersten Gespräch. García merkte, dass er völlig fertig war. Eigentlich waren alle Fragen beantwortet.

„Nein. Bitte halten Sie sich mit dem ganzen Team zu unserer Verfügung! Das mit der Feier morgen geht in Ordnung. Wir bitten Sie, uns über Ihren Aufenthaltsort bis auf Weiteres immer auf dem Laufenden zu halten. Eine letzte Frage hätte ich doch noch: Haben Sie sich nie gefragt, ob JC oder andere Mitglieder Ihrer Crew ihrem Team gegenüber stets loyal waren?", wiederholte er die Frage, die beim letzten Gespräch zum Eklat geführt hatte.

Nach einer langen Pause antwortete Mombelli: „Grundsätzlich hatte ich keinen Grund zu zweifeln, bevor diese unerklärlichen Zwischenfälle passierten. Niemand ist frei von Zweifeln und ich muss zugeben, dass mir nach diesen Ereignissen solche Gedanken durch den Kopf gingen."

„Könnten Sie sich vorstellen, dass jemand, der seine eigene Firma bescheißt, dafür bestraft wird?" – „Ja, natürlich." – „Auch mit Mord?" – „Ja, auch das könnte ich mir vorstellen. Von solchen Sachen hört man ja regelmäßig."

„Können Sie sich vorstellen, dass Sie, hypothetisch, für mich immer noch der Drahtzieher des ganzen Mordes sind?" – „Nein, das kann ich nicht", sagte Mombelli bestimmt. – „Warum nicht?" – „Warum sollte ich meine Zweifel – oder wenn ich Beweise gehabt hätte, meine Gewissheit – in dem Moment rächen, in dem alles für uns entschieden oder alle Zweifel behoben sind? Warum sollte ich mir den größten Erfolg in meiner Karriere, das Erreichen meines Bubentraums mit so einer geschmacklosen, unfassbaren Grausamkeit vermiesen? Wenn Sie darauf, rein hypothetisch, Antworten finden, dann ist es denkbar, dass ich hinter all dem stecke. Sonst nicht."

Nun war es García, der längere Zeit schwieg. „Sie haben recht. Ich muss meine Hausaufgaben besser machen", sagte er nachdenklich. „Drücken Sie Ihrer Frau in meinem Namen mein herzliches Beileid aus! Entschuldigen Sie noch einmal die Unannehmlichkeiten!", sagte er ungeschickt, stand auf und drückte Mombelli zum Abschied die Hand.

London, Somerset House, 8.00 Uhr

Wie immer war er um 7.00 Uhr aufgestanden. Zum ersten Mal, seit er sich hierher zurückgezogen hatte, hatten seine Überlegungen zu keinem befriedigenden Ergebnis geführt. Im Gegenteil. Nachdem er bei dem Versuch, die aktuellen Probleme in den Griff zu kriegen, in der Vergangenheit hängen geblieben war, hatte er eine unruhige Nacht ohne große Erholung hinter sich. Er war übel gelaunt ins Badezimmer gegangen und stand lange, zu lange, vor der Kloschüssel und wartete darauf, dass sich seine Blase entleerte, was seine Stimmung nicht gerade anhob. Unschlüssig blieb er nach der Morgentoilette vor dem Spiegel stehen und überlegte, ob er nun eine Dosis Noradrenalin kippen oder joggen gehen sollte.

Beim Medikament hatte er die Gewissheit, dass er sich gleich darauf besser fühlen würde. Der Nachteil war, dass dieses verfluchte Zeugs als Nebenwirkung das Anstehen beim morgendlichen Wasserlassen noch deutlich verlängern konnte. Er war ein ungeduldiger Mensch und langsam, aber sicher musste er sich überlegen, ob er seine vergrößerte Prostata nicht doch operieren lassen sollte. Nein, da ging er doch lieber laufen.

Er rannte die Themse entlang über die Victoria Embarkment und nahm dann, gegenüber dem London Eye, eine Abkürzung zur Horse Guards Parade, von wo er seine Runde durch den St. James's Park fortsetzte. Als er bei halber Strecke am oberen Ende des Sees seine Dehnübungen machte, konnte er zwischen den Bäumen den Buckingham Palace sehen. Seine Laune hatte sich deutlich verbessert und er dachte daran, dass er sich nur noch diese Herberge zulegen müsste, um seinen Urahnen zu rächen, der vor 168 Jahren aus diesem Land vertrieben worden war.

„Du solltest eigentlich mit dem Erreichten zufrieden sein, lieber Urgroßvater", sagte er freundlich zu ihm. Ohne dass er vom Wahn seiner Vorfahren befallen worden war, hatte er der alten Heimat beträchtlichen Schaden zugefügt. Die vielen Söhne und Töchter aus gutem Haus, die er mit seinen Glücksbringern zunächst in die Sucht und später in den Wahnsinn getrieben hatte, übertrafen wohl die kühnsten Erwartungen, die sein Urgroßvater jemals gehegt hatte. Obwohl er zuvor noch nie darüber nachgedacht hatte, gab ihm die Erkenntnis, etwas erreicht zu haben, von dem seine Ahnen seit so langer Zeit geträumt hatten, ein unerwartet befriedigendes Gefühl.

Er rannte mit einem überraschenden Glücksgefühl zurück zu seiner Höhle, wo sein Weibchen schon mit der Beute auf ihn wartete. „Hallo, mein Schatz", begrüßte ihn Eva, als sie aus dem Bentley des Savoy stieg und sich in seine verschwitzten Arme stürzte. „Ich hab uns Frühstück mitgebracht." Aus dem Lieferwagen hinter dem Bentley stiegen mehrere Bedienstete des Hotels aus.

Als Palmer geduscht hatte, fand er auf seinem Balkon ein Frühstücksbuffet vor, bei dem es an nichts fehlte. „Perfekt", hatte er schon gedacht, als er unter der Dusche stand, aber da beschlich ihn ein Gefühl von Zweifel. Eigentlich hätte er jetzt gerne einen Sohn gehabt, mit dem er seine Erfolge hätte teilen können, das wäre perfekt gewesen. Dummerweise war er immer an Frauen geraten, die nicht gebärfähig gewesen waren.

„Zum Henker mit diesen Weibern!", hatte er unter der Dusche kurz gedacht. „Mit Eva will ich es nochmal versuchen", lenkte er seine Gedanken in eine erfreulichere Richtung.

„Hast du heute Morgen schon die Nachrichten auf CNN gesehen?", fragte ihn Eva mit besorgter Miene. – „Nein, mein

Schatz, was ist denn passiert?" – „Dolores Márquez, die beim America's Cup beim Anblick ihres toten Freundes zusammengebrochen war …", begann sie und blickte Palmer dabei mitfühlend an. „… ist das nicht schrecklich? Gehst du eigentlich zur Bestattung dieses ermordeten Seglers?"

„Weshalb sollte ich, den habe ich ja kaum gekannt?" – „Aber er war doch bei dir auf dem Schiff?" – „Da musst du dich geirrt haben, mein Schatz … oder … nein, du hast recht, ich habe ihn tatsächlich einmal zu uns eingeladen. Er muss bei irgendeiner meiner Partys bei den Ausscheidungsrennen dabei gewesen sein. Jedenfalls kann ich mich nicht daran erinnern, mit ihm jemals mehr als ein paar Worte gewechselt zu haben. Wenn du glaubst, dass wir zur Beerdigung gehen sollten, können wir das ja tun. Kümmerst du dich darum?"

Universitätsklinik Valencia, 9.30 Uhr

Seven hatte das Kopfteil seines Pflegebettes hochgefahren und saß mit aufrechtem Oberkörper darin. Er sah bleich und mitgenommen aus. Carmen fragte sich bei seinem Anblick, wie sie dazu gekommen war, so starke Gefühle für diesen Mann zu entwickeln. Sie nahm sich vor, mehr professionelle Distanz zu wahren, und begann ihre Befragung, bei der sie vom gleichen Kollegen begleitet wurde, der schon beim ersten Mal dabei gewesen war.

„Señor Jones, wie haben Sie JC Duval kennengelernt?" – „Wir haben uns im Dienst kennengelernt." – „Wie darf ich das verstehen? Sie sind Neuseeländer und er ist – war Franzose." – „Sie wissen genau, dass wir uns in der Fremdenlegion kennengelernt haben." – „Ja, ich wollte es bloß noch von Ihnen selbst hören."

„Müssen wir diese Spielchen spielen? Habe ich nicht gestern deutlich gezeigt, dass ich bereit bin, alles zu sagen?" – „Ja, ich hatte gestern den Eindruck, dass Sie sehr ehrlich zu mir waren. Weshalb sind Sie in die Fremdenlegion gegangen?" – „Weil dort niemand fragt, woher man kommt und wer man ist." – „Warum war das wichtig für Sie?"

Seven sah das schmächtige Bürschchen, das zur falschen Zeit am falschen Ort gewesen und ihm und seiner Gang damals über den Weg gelaufen war, noch genau vor sich. Aus heiterem Himmel hatten sie den armen Kerl angegriffen und niedergeprügelt. Er hatte ausgesehen wie ein verwöhntes Muttersöhnchen, was genügt hatte, um die jungen Burschen zu provozieren. Dass er sich nicht zur Wehr setzte, hatte sie noch viel aggressiver gemacht.

„Einen, der nicht um sein Leben kämpft, müsste man totschlagen wie einen tollwütigen Köter!", sagte er voller Abscheu zu seinen Kumpels, als der Junge röchelnd vor ihren Füßen lag. „Du traust dich eh nicht, Feigling!", hatten ihn die anderen verhöhnt.

Wenig später wichen seine Kumpanen erschrocken vor ihm zurück. Sie hatten alle geglaubt, harte Typen zu sein, und hatten sich bereits einige üble Prügeleien mit anderen Gangs geliefert und auch schon ein paar Einbrüche und Diebstähle zusammen geplant und ausgeführt, worauf sie sehr stolz waren. Als Seven triumphierend in die Runde schaute, sah er sie davonrennen.

Nach einer langen Pause sagte er leise zu der Polizistin an seinem Krankenbett: „Ich kann mich nicht mehr genau erinnern, was an diesem Abend alles passiert ist. Sie wissen ja, dass ich meinen Vater im Stich gelassen hatte und danach die Kontrolle über mein Leben verlor. Ich zog mit ein paar Kumpels los und ja, wir haben uns auch oft an Prügeleien beteiligt. Wir soffen, was das Zeug hielt, und erwachten nicht selten in Betten, von denen wir nicht wussten, wie wir überhaupt da hineingeraten waren. Eines Abends saßen wir also gemütlich zusammen bei unserem Treffpunkt und da kam einer dieser gleichaltrigen Streber an uns vorbei, die sich mehr für Bildung als für Alkohol und Mädchen interessierten.

Wie ich sagte, ich weiß nicht mehr genau, wie es abgelaufen ist, aber wir haben ihn sicher gehänselt wegen seiner feinen Kleider und so ... Jedenfalls haben wir ihn wohl ein wenig rumgeschubst, um ihm ein bisschen Angst zu machen, und dann hat er mich erkannt und gefragt, ob ich nicht der durchgeknallte Sohn von diesem verschollenen Nationalhelden sei. Da habe ich einfach zugeschlagen und von da an kann ich mich an nichts mehr erinnern. Mir ist einfach eine Sicherung durchgebrannt."

„Was ist dann passiert?" – „Ich kam am nächsten Tag im Zimmer eines Kumpels zu mir. Der erzählte mir, dass der Junge tot sei und dass ich unbedingt untertauchen müsse, wenn ich nicht ins Gefängnis kommen wolle. Ich wusste von nichts mehr und mein Kumpel sagte, dass ich allein den Jungen totgeprügelt hätte. Ich glaubte ihm und verließ auf einem Frachtschiff das Land. Mit der Heuer, die ich bis nach Genua verdiente, wo wir unsere Ladung löschten, fuhr ich nach Korsika."

„Weshalb ausgerechnet nach Korsika?" – „An Bord des Frachters hatte mir ein Matrose, der sich um mich gekümmert hatte, von der Legion erzählt und dort wollte ich unbedingt hin." – „War das nicht illegal?" – „Scheiße, ich hatte einen Menschen umgebracht, wenigstens glaubte ich das all die Jahre. Einem, der als Mörder auf der Flucht ist, macht es nichts aus, wenn er auf der anderen Seite der Erdkugel etwas tut, das in seiner Heimat illegal ist."

„Sie sagen, Sie hätten geglaubt, Sie hätten einen Mord begangen." – „Ich war daran beteiligt und habe sogar angefangen auf ihn einzuschlagen, das ist korrekt. Später habe ich aber herausgefunden, dass alle meine Kumpels auf den armen Burschen eingedroschen hatten und dass sie in einen Blutrausch gerieten, als ich schon längst besoffen auf dem Boden lag. Die Ermittlungen haben ergeben, dass reichlich Blut geflossen sein muss. Ich hatte jedoch, als ich erwachte, nicht einen Tropfen Blut auf Kleidern oder Schuhen. Ich weiß das so genau, weil ich damals mächtig stolz auf meine weißen Adidas-Basketballschuhe war. Man konnte die Schuhe dank der mitgelieferten Farbe individuell gestalten und ich hätte Blutflecken darauf garantiert bemerkt. Das gilt auch für meine Kleider, die zwar schmutzig, aber nicht blutverschmiert gewesen waren."

„Sie sagen also, dass Sie mit dem Totschlag, der Sie zur Flucht veranlasst hat, nichts zu tun hatten." – „Wie gesagt, ich habe angefangen, aber beim Totschlag war ich definitiv nicht mehr dabei. Das heißt nicht, dass ich unschuldig war. Ich war aber auch nicht schuldiger als die anderen. Wir hingen alle drin und ich weiß, dass man sich auch nach Provokationen zurückhalten muss.

Sie haben gesehen, dass mir das, speziell nach dem Konsum von Drogen, immer noch sehr schwerfällt. Ich kann mich bei dem Jungen nicht mehr entschuldigen und ich habe mir tausend Mal gewünscht, dass ich das irgendwie gutmachen könnte, aber es gibt keine Währung der Welt, mit der man eine solche Schuld sühnen könnte.

Ich kann mich aber jetzt bei Ihnen dafür entschuldigen, dass ich beim letzten Verhör ausgerastet und auf Sie losgegangen bin. Es tut mir leid."

„Wir haben Ihnen, glaube ich, beide schon verziehen", sagte sie und schaute ihren Kollegen an, der zustimmend nickte. „Wissen Sie noch, weshalb Sie so stark darauf reagiert haben, als wir Sie bei einer Lüge ertappten?"

„Ich hatte eine Prise Koks geschnupft, weil ich feiern wollte und weil eine große Last von mir und von uns allen abgefallen war, als wir die Ziellinie überquerten." – „Wann haben Sie das Koks genommen?" – „Das war kurz bevor wir an der Ehrentribüne anlegten", sagte er die Wahrheit, weil er richtig vermutete, dass die Polizei ziemlich genau rekonstruieren konnte, wann er die Prise geschnupft hatte.

„Wie sind Sie zum Koks gekommen?" – „Wir leben in unserem Sport mitten unter den Schönen und Reichen dieser Welt. Da ist es wirklich kein Problem, an Drogen irgendwelcher Art heranzukommen."

„Können Sie mir sagen, von wem Sie diese Prise erhalten haben?" – „Sie werden mich weder zum Mörder noch zum Denunzianten machen. Ich bin nicht stolz darauf, dass ich Drogen konsumiere, und ich weiß, dass es mich meinen Job kosten würde, wenn mein Chef davon erfahren sollte. Ich weiß, dass Sie mich dafür anklagen können und vielleicht auch werden. Die Strafe wäre nichts im Vergleich zu den Konsequenzen, die ich für mein Leben als Berufssportler zu tragen hätte. Sie werden jedoch mit einer Anzeige gegen mich weder den Mord an meinem Freund JC aufklären, noch werden Sie herausfinden, von wem ich den Stoff bekommen habe. Ich habe Ihnen versprochen, dass ich kooperiere, was den Mord an JC betrifft, und daran werde ich mich halten. Erwarten Sie jedoch nicht von mir, dass ich andere Menschen verrate!"

„Wie standen Sie zu Dolores Márquez?", wechselte Carmen das Thema. – „Ich lernte Dolores vor drei Jahren bei einem sogenannten *Welcome Ball* kennen. Mister Mombelli hat diesen Ball vor drei Jahren als Start für alle organisiert, die bei dieser Kampagne irgendwie involviert sind. Es sollte die Initialzündung für eine erfolgreiche Titelverteidigung sein und man sollte sich gegenseitig kennenlernen.

Ich muss zugeben, dass ich mich ein wenig in Dolores verguckt hatte, und wir sind dann auch ein paarmal miteinander ausgegangen. Dolores hat sich schließlich für JC entschieden, der sich auch um sie bemühte und mehr Glück hatte als ich."

„Waren Sie nicht eifersüchtig, gab es keinen Streit zwischen Ihnen?" – „Doch", sagte er nach einer langen Pause. „Ich habe mich am Anfang schwer damit getan, dass JC diese Frau für sich haben konnte. Wir waren seit über zwanzig Jahren die besten Freunde und hatten nie wirklich große Differenzen. Dies war die erste wirkliche Prüfung für unsere Freundschaft und wir haben sie nach anfänglichen Schwierigkeiten schließlich gemeistert. Es ist für mich selbstverständlich, dass ich Dolores nach diesem schweren Verlust ohne Hintergedanken unterstützen und betreuen werde."

„Es tut mir leid, Señor Jones ..." – „Was ist, hat sie ihr Kind verloren?", fragte er erschrocken. Dolores hatte, als sie auf dem Massagetisch kurz erwacht war, gewimmert: „Mein Baby, mein armes kleines Baby!", bevor sie die Besinnung erneut verlor. – „Ja ... das auch. Es tut mir schrecklich leid, aber Frau Márquez ist heute Morgen an den Komplikationen ihrer Fehlgeburt gestorben."

Damit hatte er nun wirklich nicht gerechnet. Zusammen mit der Aufregung der vergangenen Tage, den Verletzungen, den Entzugserscheinungen, die sich langsam bemerkbar machten, und den Medikamenten, die er im Spital bekommen hatte, war es zu viel. Sein Körper zuckte zusammen, und er heulte vor Schmerzen auf. In diesem Augenblick war Seven ein gebrochener Mann und stand kurz davor, sich sein ganzes missratenes Leben von der Seele zu reden, um endlich Frieden zu finden.

Er versank in einer tiefen Melancholie und merkte nicht, wie Carmen mit ihrem Kollegen leise das Zimmer verließ. Sie musste sofort aus diesem Zimmer, um nicht wieder loszuheulen. Carmen ahnte nicht, dass sie nur noch eine Frage von der Aufklärung des Falles entfernt gewesen wäre. Hätte sie die unbeantwortete Frage „Wissen Sie noch, weshalb Sie so stark darauf reagiert haben, als wir Sie bei einer Lüge ertappten?" erneut gestellt, wäre das ganze Lügengebäude von Seven wie ein Kartenhaus zusammengestürzt. Die Wahrheit wäre aus ihm herausgesprudelt.

Carmen verließ das Zimmer in der Überzeugung, dass Seven mit dem Tod von JC Duval nichts zu tun habe. Seven hatte seine Rolle, wie geplant, brillant gespielt. Er hatte sich, als er sie im Flur mit seinem Bewacher schwatzen hörte, kurz bevor Carmen das Zimmer betrat, seinen Zeigefinger in den Hals gesteckt und sich in eine Nierenschale übergeben.

Seine Haare hatte er zuvor mit der Butter vom Frühstück verschmiert und dazu später noch ein wenig vom Erbrochenen aufgetragen. Sein erbärmlicher Zustand und die aufgetischte Geschichte hatten ihre Wirkung nicht verfehlt. Der Schluss hingegen trieb ihn derart an den Rand der Klippe, dass Carmen spürte, dass er ihr nichts vorspielte.

Die Ironie des Schicksals wollte es, dass Carmen in dem Moment bereit war, seinen großen Bluff zu glauben, als Seven aufgab und bereit gewesen wäre, seine Karten auf den Tisch zu legen.

„Mein Gott, ist der fertig!", wandte sie sich ihrem Kollegen zu, als sie beide auf dem Flur standen. Der Mann mit der dunklen Brille und dem weißen Stock, der auf einem Stuhl im Flur saß, fiel ihnen nicht auf. Auch nicht, als er sich nach ihrem knackigen Hintern umdrehte.

Als Carmen den Flur verlassen hatte, stand der Mann auf und ging ungelenk zum nächsten Zimmer, wo er verschwand, ohne mit den Fingern die Nummer abtasten zu müssen, welche auch in Braille angebracht worden war.

Seven war fertig. Er konnte einfach nicht mehr. Trotz seiner Ohnmacht und Verzweiflung fühlte er den leichten Luftzug, der kurz durch das Zimmer wehte, und war schlagartig hellwach.

Da war er wieder, dieser Schweißgeruch. Jemand war im Zimmer und dieser Jemand war schon einmal hier gewesen. Dieses Mal konnte er den Geruch auch zuordnen. Blitzartig drückte er auf den Alarmknopf und fühlte unmittelbar danach erneut einen leichten Windhauch. Strauß hatte sein Zimmer wieder verlassen, ohne seinen Auftrag, mit dem er zweifellos hergeschickt worden war, ausgeführt zu haben.

„Was fehlt Ihnen denn?", fragte ihn die Schwester und lächelte ihn freundlich an. – „Sie sind ein Engel", meinte er ehrlich erleichtert zu ihr. – „Könnten Sie das bitte wegschütten?", reichte er ihr die Nierenschale mit seinem Erbrochenen. „Und – es wäre sehr nett, wenn Sie mich waschen könnten." – „Das mach ich doch gerne", lächelte sie ihm zu, und auch das war ehrlich gemeint.

Polizeipräsidium Valencia, 11.00 Uhr

García betrat das Gebäude, nachdem er zuvor mit Fuentes in einer kleinen Tapas-Bar vor der Markthalle etwas getrunken hatte.

„Guten Tag, Inspektor García!", wurde er beim Empfang begrüßt. „Es wartet ein Herr auf Sie, der sich partout nicht abwimmeln lässt und darauf besteht, mit dem leitenden Ermittler zu sprechen. Damit er uns nicht völlig fertigmacht, haben wir ihn in die Kantine geschickt, wo er auf Sie wartet."

„Carlos, kannst du das bitte übernehmen?", bat er Fuentes, der sich sogleich bei der Empfangsdame nach dem Herrn erkundigte.

„Señor, mein Name ist Carlos Fuentes. Ich bin der stellvertretende Leiter der Mordkommission. Sie wollten mich sprechen?" – „Nein, ich wollte den Leiter sprechen." – „Señor García ist unabkömmlich." – „Na gut, dann nehme ich halt mit

Ihnen vorlieb", begnügte sich der hagere ältere Mann, der einen gepflegten Eindruck machte.

„Kommen Sie mit, wir gehen in mein Büro! Sie scheinen wichtige Informationen zu haben und die wollen wir nicht hier besprechen", meinte Fuentes, nachdem er gemerkt hatte, dass er diesen Herrn nicht so schnell wieder loswerden würde. „Bitte folgen Sie mir, es ist nicht weit!"

„Zuerst möchte ich eine Beschwerde ..." – „Für Beschwerden bin ich nun wirklich nicht zuständig. Da müssen Sie beim Empfang ein Formular ausfüllen und Ihre ..." – „Also gut, dann lass ich's halt. Wie ich bereits Ihrem Kollegen sagte, bin ich pensioniert ..." – „Ich bitte Sie, sich möglichst kurz zu fassen, da ich sonst große Probleme mit den politischen Behörden bekomme, die sich die Bänder solcher Befragungen teilweise anhören. Ich persönlich finde Ihre Ausführungen sehr interessant, aber wenn ich mich während der Arbeitszeit zu lange über private Dinge unterhalte, die mit den Ermittlungen nicht in direktem Zusammenhang stehen, kann ich in große Schwierigkeiten geraten. Zudem erwartet der Steuerzahler von uns, dass wir effizient mit der Zeit umgehen. Sie waren ja vor Ihrer Pensionierung Lehrer, sagten Sie. Ich nehme an, dass Sie während Ihres Unterrichts auch keine privaten Dinge erledigt haben."

„Natürlich nicht. Entschuldigen Sie bitte! Ich habe also dieses Hobby, die Filmerei. Nach dem Krieg begann ich ..." – „Das interessiert mich sehr, darüber würde ich mich gerne einmal privat ..." – „Wirklich, das wäre aber nett. Wann könnten ..." – „Sie sollten jetzt wirklich auf den Punkt kommen, mein Herr!"

„Also. Ich habe mir Eintrittskarten für die Segelrennen verschafft und dabei natürlich meine neue Digitalkamera mitgenommen. Dabei sind mir verschiedene Dinge eigenartig vorgekommen."

„Haben Sie die Aufnahmen dabei?" – „Ja, natürlich. Wo kann ich sie Ihnen zeigen?" – „Ich habe hier in meinem Büro einen Fernseher. Leider habe ich keinen DVD-Player ...“ – „Kein Problem, da kann ich meine Kamera direkt anhängen.“

Nachdem sie gemeinsam alles vorbereitet hatten, begannen sie den Film des Mannes anzuschauen. Zuerst kamen Aufnahmen vom Pier, von der Basis der Schweizer und der Neuseeländer, verschiedene Personen. Das Ganze wurde von den Kommentaren des alten Mannes begleitet. Nach etwa dreißig Minuten sah man, wie die Schiffe den Hafen in Richtung offenes Meer verließen.

„Wenn ich mit Longplay aufnehme, kann ich bis zu acht Stunden lang filmen“, sagte der Mann, worauf Fuentes müde lächelte. Eine Stunde später, das Rennen war in vollem Gang, unterbrach Fuentes die Aufnahme und ging mit seinem Gast etwas Kleines essen.

„Da muss ich durch!“, sagte Fuentes zu sich selbst und hoffte, dass er wirklich noch etwas Interessantes entdecken würde. Es nagte immer noch an ihm, dass er seinen Auftrag mit den Filmaufnahmen vermasselt hatte, und er klammerte sich an der kleinen Möglichkeit fest, dass wirklich etwas Brauchbares zu erkennen sein würde.

London, Hotel Savoy, 12.00 Uhr

„Auch das noch!“, hatte sie gedacht, als er ihr nach dem Frühstück offenbart hatte, er wünsche sich ein Kind von ihr. All seine Vorfahren hätten spät Kinder gehabt und er fühle sich dieser Tradition verpflichtet. Jetzt sei der Moment dafür gekommen und sie sei mit fünfundzwanzig Jahren genau im richtigen Alter, um Mutter zu werden.

„Aber du hast mich adoptiert“, hatte sie erschrocken zu ihm gesagt, worauf er sie nur angelächelt und gemeint hatte: „Du weißt, dass deine Mutter vor mir einen anderen Kerl hatte, der sie geschwängert hat und dann abgehauen ist. Ich hab mich ihrer angenommen, was auch für dich galt, als sie dich wenige Monate später zur Welt brachte. Als deine Mutter kurze Zeit später starb, habe ich dich adoptiert. Du weißt also, dass du nicht meine leibliche Tochter bist, und so steht unserem Glück nichts im Weg. Denk an den amerikanischen Regisseur! Auch der hat seine Adoptivtochter geheiratet und scheint mit ihr glücklich zu sein. Junge Mädchen haben sich schon immer nach einer Vaterfigur als Partner gesehnt und gewisse Kulturen nutzen diese Tatsache auch heute noch erfolgreich aus.“

Heulend lag sie im großen Bett seiner Suite und wünschte sich, ihr trostloses Leben möge bald vorüber sein. Sie fragte sich, wie es überhaupt so weit hatte kommen können, und verlor sich in ihren Gedanken. Als kleines Mädchen hatte sie Palmer bewundert, ja geliebt. Er war zwar selten da gewesen, weil er immer geschäftlich unterwegs war, aber wenn er da war, brachte er ihr Geschenke mit und verwöhnte sie. Obwohl sie sich einen Vater gewünscht hätte, ließ er es nie zu, dass sie ihn Daddy oder Vater nannte.

Mit Schrecken dachte sie daran zurück, wie sie als Siebenjährige zum ersten und letzten Mal gewagt hatte, ihn so zu nennen. „Ich bin nicht dein Vater! Wenn du mich noch einmal so nennst, kannst du deine Koffer packen und abhauen!“, hatte er sie angebrüllt.

Dieses Erlebnis hatte sich, obwohl sie nie mehr darüber redeten, fest in ihr Hirn gebrannt und sie war fortan bereit gewesen, alles zu tun, um nicht ihre Koffer packen zu müssen. Eva tat alles, um Palmer eine gefällige Tochter, die keine war, zu sein. Sie hatte, abgesehen von regelmäßig wechselnden Kindermädchen, niemanden. Ihre Mutter war bei einem Flugzeugabsturz ums Leben gekommen, als Eva drei Jahre alt war, und seither war Palmer die einzige Bezugsperson in ihrem Leben gewesen.

Evas Kindermädchen waren allesamt junge, gebildete und schöne Frauen gewesen. Sie waren jeweils zusätzlich noch als ihre Privatlehrerinnen angestellt worden. Eva hatte sich lange Zeit nichts dabei gedacht, dass sie, wenn Palmer zu Besuch war, auch manchmal in seinem Zimmer schliefen. Vielleicht hatten sie einfach böse Träume und suchten Schutz.

Sie war etwa zehn Jahre alt, als sie nach einem schlimmen Traum erwachte und nach ihrem Kindermädchen rief, das im Zimmer nebenan schlief. Als die Nanny nicht kam, wollte sie zu ihr gehen, um unter ihre warme Decke zu schlüpfen, wo sie in Sicherheit weiterschlafen konnte, so wie sie es bei all den Vorgängerinnen auch schon getan hatte. Zu Evas großem Erstaunen war das Bett jedoch leer und kalt. Eva wollte also zu Palmer gehen, der sein Schlafzimmer im oberen Stock hatte.

Als sie das Zimmer betrat, blieb sie erschrocken, aber auch ein bisschen fasziniert stehen. Ihre „Lehrerin" kniete nackt auf Palmers Bauch, der auf dem Rücken in seinem Bett lag. Sie schien einen eigenartigen Tanz zu üben, bei dem sich ihr Hintern in einer rollenden, kreisenden und rhythmischen Bewegung von hinten nach vorn schob.

Die Wirbelsäule glich einer Schlange, die sich wand, während ihre Brüste lustig hüpften. Ihren Kopf schließlich bewegte sie im gleichen Rhythmus wie die Hüften vor und zurück. Ihre Hände krallten sich in Palmers Brust fest, flogen peitschend durch die Luft und hielten ihren eigenen Hinterkopf fest, wo die Finger wie zum Gebet verschränkt ineinander griffen und wieder losließen. Gleichzeitig gab sie gedehnte, dem Rhythmus ihrer Bewegungen angepasste Laute von sich, die Eva bisher nur bei Tennisturnieren gehört hatte, wenn ein Ball an der Netzkante hängen geblieben war.

Palmer spannte und entspannte im gleichen Rhythmus seine Bauch- und Wadenmuskeln und schien auf seinem Bett auf und ab geschoben zu werden. Seine Zehen streckten und bogen sich, was so lustig aussah, dass Eva beinahe laut herausgelacht hätte. Mit seinen Händen griff er mal nach den Brüsten und mal nach dem Hintern der Lehrerin, wobei er mit ihren fließenden Bewegungen nicht mithalten konnte.

Eva war seine Rolle bei diesem Tanz ohnehin nicht ganz klar, weil er mit dieser Vorstellung keine Chance haben würde. Es schien ihr eher, dass er als lebende Unterlage für die Darbietung der Nanny diente und sie ab und zu mit seinen Händen zu unterstützen versuchte. Auch er gab manchmal ein Geräusch von sich, das sich wie ein leises Seufzen anhörte.

Nein, er war nicht die Unterlage, kam es Eva in den Sinn, er war eher ein aktiver Zuschauer. Er – nein, sie beide schienen dieses Spiel, das konnte kein Tanz sein, zu genießen. Die Frau warf ihren Körper jäh nach hinten, stützte sich mit der linken Hand auf Palmers Oberschenkel ab und bohrte ihm ihre Nägel erneut in die Haut. Die andere Hand verschwand hinter ihrem Gesäß, wobei Palmer aufstöhnte.

„Kann ich auch mitspielen?“, fragte Eva und die geröteten Gesichter der beiden flogen zu ihr hin. Palmer begann fürchterlich zu fluchen und das Kindermädchen ergriff ein Kissen und bedeckte damit seine Blöße. „Mach, dass du rauskommst! Das wird ein Nachspiel haben!“, brüllte er Eva an. Sie stürmte aus Palmers Zimmer und hörte, wie dieser fürchterlich mit der Frau schimpfte und diese dabei weinte. „Wenn es damals überhaupt ein Nachspiel gab, so jedenfalls hinter verschlossener Tür“, schmunzelte Eva beim Gedanken an ihre erste Aufklärungsstunde, über die nicht mehr gesprochen wurde. Wenig später zog eine neue Lehrerin bei ihnen ein.

London, Somerset House, 14.00 Uhr

„Ehrlich, Chef, die Polizistin hat gesagt: ‚Der Mann ist völlig am Ende.' Es war dieselbe, die vorgestern, als ich meinen Auftrag erledigen wollte, ins Zimmer hereinkam. Ich wollte ja nicht auch noch eine Polizistin auf dem Gewissen haben. Es gelang mir, mich auf der Toilette zu verstecken, und während sie den Mantel ablegte und es sich auf einem Stuhl bequem machte, verließ ich leise das Zimmer.

Als die Bullen vorhin verschwunden waren, schlich ich erneut ins Zimmer, aber da ging plötzlich ein Alarm los und so verduftete ich wieder."

„Ist schon in Ordnung, Strauß. Spann ein bisschen aus und nimm dir zwei Tage frei!" – „Ist das Ihr Ernst, Chef?", fragte er ungläubig. Er hatte damit gerechnet, nach dieser erneuten Pleite ordentlich zusammengestaucht zu werden. – „Ich muss überlegen, wie es weitergehen soll. Ich werde mich in zwei Tagen am späten Abend bei dir melden." – „Ist gut, Chef. Vielen Dank."

„Ich muss herausfinden, ob Seven für mich eine Gefahr ist", sagte Palmer zu sich selbst. Und dachte an den langen, teilweise gemeinsamen Weg, den sie bisher gegangen waren.

Sevens Vater, Clayton Jones, war für Palmer immer ein Vorbild gewesen. Als er im Jahr 1956, mit vierzehn Jahren, in St. Moritz ins Internat eingetreten war, hatte sich Jones bei den gleichzeitig stattfindenden Olympischen Sommerspielen von Melbourne unsterblich gemacht. Zusammen mit seinem Partner hatte Jones als Einundzwanzigjähriger eine von zwei Goldmedaillen für Neuseeland gewonnen. Clayton und seinem

Partner war es gelungen, die Australier als Zweite und die Briten als Dritte hinter sich zu lassen, was in Neuseeland zu noch nie da gewesenen Begeisterungsstürmen führte. Die zwei Helden wurden in der Heimat begrüßt und gefeiert wie die heutigen Rockstars.

Für Palmers Vater, der den Wahn der Rache seines Großvaters verinnerlicht hatte, war dieser Erfolg ein gutes Omen für die Pläne, die er für Frank geschmiedet hatte. Der Sport schien ihm die ideale Plattform zu sein, um späte Rache an den verhassten Briten zu nehmen. Er wurde zum größten Förderer des neuseeländischen Nationalhelden Clayton Jones und hatte mit diesem noch Großes vor.

Im folgenden Frühling bekam Palmer in St. Moritz Besuch von einer lebenden Legende. Palmers Vater hatte Clayton standesgemäß im Palace Hotel in St. Moritz einquartiert, von wo aus er seine Mission erfüllen sollte.

Der Auftrag lautete, Palmer in der fernen Schweiz auf dem gut drei Quadratkilometer kleinen Silvaplaner See, auf 1790 Metern über dem Meer, in die Geheimnisse des Segelsports einzuführen und ihn als Partner für die Olympischen Sommerspiele von 1964 in Tokio aufzubauen.

Zunächst nahmen beide ihre Aufgabe ernst, aber nach wenigen gemeinsamen Tagen auf dem Boot war beiden klar, dass Palmer die Hoffnungen seines Vaters nie würde erfüllen können. Clayton war nicht der Richtige, um einen jungen Burschen für eine Sache zu begeistern, und Palmer hatte kein Talent. Nachdem Palmer bei einem Wendemanöver über Bord gegangen war und im eiskalten Wasser des Sees beinahe ertrunken wäre, entschlossen sie sich in gegenseitigem Einvernehmen, ihre Zusammenarbeit auf andere Gebiete zu verlegen.

Die zwei wurden trotz ihres Altersunterschieds rasch Freunde, weil ihnen beiden klar war, dass sie voneinander profitieren konnten. Clayton führte seinen jungen Freund, in die verlockende Welt der erfolgreichen Erwachsenen ein und verschaffte ihm Zugang zu schönen Frauen und Alkohol. Palmer bewunderte seinen berühmten Freund, und es war ihm zugleich ein großes Vergnügen und eine Ehre, diesem Mann einige Monate Aufenthalt in angenehmer Umgebung zu ermöglichen, indem man dem Alten ins ferne Neuseeland meldete, dass sie hart trainierten.

Bald hatten sie auch die Stärken und Schwächen des jeweils anderen kennen- und ausnutzen gelernt, was zu einer langjährigen, für beide Gewinn bringenden Freundschaft führte. Es hatten sich zwei gefunden, die es gemeinsam noch weit würden bringen können.

Wehmütig dachte er an diese drei Monate zurück, als sein Handy klingelte. „Hallo, Frank, wie geht's dir?“ – „Hallo? Bist du's, Seven, mein Junge? Wie geht's dir? Ich hab mir große Sorgen gemacht.“ – „Hast du mir deshalb Strauß auf den Hals gehetzt?“ – „Das ist ein Missverständnis. Ich habe gehört, dass du – diesen kleinen Unfall hattest und im Spital bist. Weil ich annahm, dass es dir dort nicht ohne Weiteres möglich sein würde, deine Linien zu bekommen, habe ich Strauß gebeten, mit der nötigen Diskretion ein Paket für dich abzuliefern, damit du mir keine Dummheiten machst. Du weißt, dass ich dir vertraue, und ich denke, dass auch du mir vertrauen kannst, nach all diesen Jahren.“

„Ja – schon – aber“, fiel Seven aus dem Konzept und begann zu zweifeln. „Jedenfalls habe ich mich abgesichert, falls mir etwas zustoßen sollte.“

„Das ist schon in Ordnung, das verstehe ich. Seven, du kennst mich nun seit – über dreißig Jahren. Du warst acht Jahre alt, als deine Mutter starb, und von da an war ich dir und deinem Vater immer ein guter und zuverlässiger Freund. Ich weiß, ich war in letzter Zeit nicht immer fair und habe, gerade von dir, mehr verlangt, als man von einem Freund verlangen sollte. Für all das, was du in den letzten Tagen für mich durchgemacht und riskiert hast, wirst du jedoch so belohnt werden, dass du dir nie mehr wirst Sorgen machen müssen. Das verspreche ich dir."

„Ja, trotzdem, wie kann ich mir sicher sein?" – „Hör mal, mein Junge! Als du in der ersten Nacht auf der Intensivstation warst, hattest du keinen Bewacher und es wäre mir ein Leichtes gewesen, dich verschwinden zu lassen, ohne dass man Verdacht geschöpft hätte. Ich hätte Strauß oder einen anderen meiner Spezialisten mit einem Arztkittel in dein Zimmer marschieren lassen können, während du noch unter Narkose standest. Dieser Spezialist hätte die gebrochene Rippe so in deine Lunge gedrückt, dass du, obwohl du künstlich beatmet wurdest, an deinem eigenen Blut erstickt wärst. Dein Tod wäre zudem niemals als Mord aufgedeckt worden, weil man die Polizei dafür verantwortlich gemacht hätte. Nein, ich hätte es mir wirklich einfach machen können."

„Ja, du hast recht, tut mir leid." – „Noch etwas – du hast vorhin gesagt, du hättest dich abgesichert. Soll das heißen, dass du mich ans Messer lieferst, wenn dir irgendetwas zustoßen sollte? Egal was?" – „Im Prinzip schon, ja."

„Du bist ein prima Kerl und ich mag dich sehr, das weißt du. Du hast aber seit deiner frühesten Kindheit immer wieder extreme Dinge ausprobiert und damit dein Leben riskiert. Willst du in Zukunft ein anderes Leben führen?" – „Nein. Das hab ich nicht vor. Wieso sollte ich?"

„Weil ich dann automatisch auch am Arsch bin, wenn du dich nach einer Linie Koks unsterblich fühlst und dabei etwas riskierst, was du nicht überlebst. Ich wünsch dir das nicht, versteh mich nicht falsch, aber ich bin schon erstaunt, dass ich dann zuletzt auch noch für dieses Risiko bezahlen soll!"

„Du hast recht. Ich hab Scheiße gebaut. Ich werde es so ändern, dass die Absicherung nur bei einem eindeutigen Gewaltverbrechen gilt. Kannst du damit leben?" – „So ist's prima. Du bist ein guter Junge und du musst dir keine Sorgen machen. Ich werde mich weiterhin um dich kümmern. Du bist seit Claytons tragischem Tod so etwas wie ein Sohn für mich. Mach's gut und gute Besserung, mein Junge!" – „Danke, Frank, und entschuldige, dass ich dir nicht vertraut habe!"

Palmer beendete die Verbindung, schüttelte den Kopf und lächelte. Seven war ein verlogener Hund, das wusste er, aber schließlich hatte er ihm das meiste davon selbst beigebracht. Es erstaunte ihn immer wieder, wie leicht Menschen Lügen, wenn sie ihnen in den Kram passten, zu glauben bereit waren.

Als er von Oxford wieder nach Neuseeland kam, verfügte er über Mittel, von denen sein Vater nur hätte träumen können. Leider standen ihm diese nicht zur freien Verfügung, weil er die Herkunft des Geldes nicht nachweisen konnte. Er erinnerte sich seines alten Kumpels Clayton, der seine Fähigkeiten abseits der Segelboote überschätzt hatte und kurz vor der Pleite stand. Dank seiner Studien in Oxford wusste Palmer, wie man Geld waschen konnte, und fand in Clayton den idealen Partner. Nach kurzer Zeit war auch Palmer so weit, dass er seinen Reichtum zeigen durfte. Er stieg mit großem Erfolg in den Kapitalmarkt ein und suchte nach einem Betätigungsfeld, das er auch vorzeigen konnte, ohne von seinen bisherigen Tätigkeiten, die immer noch fantastische Gewinne abwarfen, zu lassen.

Palmer begann den illegalen Teil seiner Aktivitäten neu zu organisieren. Er baute rund um die Organisationen, aus denen illegales Geld in seine Kassen floss, ein kompliziertes System aus Firmen auf, die einzig dazu dienten, Spuren zu verwischen. Eigentlich funktionierte es wie bei seinem „Labor". Er hatte viele Mitarbeiter, die gar nicht wussten, für wen sie letztlich arbeiteten und ihm somit auch dann nicht gefährlich werden könnten, wenn sie von der Polizei verhaftet würden.

Bei seinen Spezialisten musste er natürlich ein gewisses Risiko in Kauf nehmen. Strauß und seine Leute wussten einerseits, dass sie einen Verrat an ihm nicht überleben würden, verfügten jedoch andererseits weder über die nötigen geistigen

Fähigkeiten noch über die Informationen, um ihn irgendeiner Gefahr auszuliefern.

Mitten im Kalten Krieg schien ihm der Waffenhandel eine ideale Ergänzung zu seinem bisherigen Tätigkeitsfeld zu sein. Als Bürger von Neuseeland konnte er seinen Geschäften ziemlich ungestört nachgehen und hatte schnell Erfolg.

Als man in seinem Labor durch Zufall eine Substanz entdeckte, die für den Einsatz als chemischer Kampfstoff ideal war, entschloss er sich dazu, den Schritt zum Unternehmer zu wagen. Er wollte etwas produzieren, etwas Greifbares herstellen. Im Labor hatte man diese hochgiftige Substanz getestet und festgestellt, dass die Verbindung selbst in kleinster Dosierung innerhalb von Sekunden absolut tödlich auf sämtliche Lebewesen mit Lungenatmung wirkte. Da die Substanz nur über kurze Zeit stabil war, konnte man den Testraum bereits nach wenigen Minuten gefahrlos betreten.

Diese „Atombombe ohne Nebenwirkungen", wie Palmer seine Wunderwaffe euphorisch nannte, sollte ihm den endgültigen Durchbruch bringen. Obwohl er bereits sagenhaft reich war, musste er sich Kredite beschaffen, um seine ungeheuer kostspieligen Investitionen tätigen zu können. Die Banken hielten seine Idee, nachdem er die beeindruckende Wirkung seines Produkts demonstriert hatte, ebenfalls für „todsicher" und gaben ihm großzügige Kredite, zumal er bereits Bestellungen vorlegen konnte, welche die Investitionen mehr als nur bezahlt gemacht hatten. Nicht wenige der Kreditinstitute wollten sogar als Partner in Palmers neues Geschäft einsteigen, was dieser jedoch strikt ablehnte.

Bei Untersuchungen an Versuchstieren hatte sich gezeigt, dass der Stoff die Tiere zunächst betäubte, worauf der gänzlich gelähmte Herzmuskel dem Organismus jede weitere Versorgung verweigerte. Laboruntersuchungen des Fleisches der Tiere ergaben zudem, dass weder Rückstände der chemischen Verbindung noch irgendwelche anderen Anzeichen von Stress in den Kadavern zu finden waren. Ein weiterer, bedeutender Vorteil der neuen Technologie war der Umstand, dass Wasser den Stoff vollständig absorbierte und dabei jederzeit ohne Qualitätseinbuße genießbar war.

Während die Produktionsstätten in Rekordgeschwindigkeit hochgezogen wurden, hatte er in einer Eishalle in Moskau eine eindrückliche Demonstration inszeniert, zu der man zwanzig Rinder aus Argentinien eingeflogen hatte.

Die anwesenden Gäste, darunter Spitzenvertreter aus Politbüro, KGB und Militär, waren beeindruckt von seiner Präsentation, bei der zunächst die Rinder in die mit dicken Gummimatten ausgelegte Eishalle getrieben wurden. Es wurde erklärt, dass diese Rinder in wenigen Minuten dem neuen Kampfstoff ausgesetzt würden, dass jedoch hinter den Plexiglasscheiben, wo sich die Gäste befanden, keine Gefahr herrsche. Zur Sicherheit stünden Schutzanzüge zur Verfügung, falls man der Information nicht trauen sollte. Er selbst, Frank Palmer, werde sich ungeschützt unmittelbar hinter dem Plexiglas aufhalten und wenige Sekunden nach dem Einsatz des Kampfstoffes ohne jegliche Schutzmaßnahme die Arena betreten. Die verunsicherten Russen schauten zu ihrem höchsten Vertreter, welcher ihnen zu verstehen gab, dass man sich vor diesem Kapitalisten keine Blöße geben werde.

Als der Versuch wenige Minuten später gestartet wurde, nahmen die Anwesenden verblüfft zur Kenntnis, dass die Rinder wie auf Kommando zusammensackten und sich nicht mehr rührten. Als Palmer dreißig Sekunden später die Tür öffnete und in würdigen Schritten durch die Arena stolzierte, war ihm der Applaus gewiss.

Während die Gesellschaft im festlich hergerichteten Konferenzraum mit edlen Getränken und Kaviar auf den Erfolg anstieß, konnten die Herrschaften auf mehreren Bildschirmen live mitverfolgen, wie die Rinder von den bereitstehenden Metzgern ausgeweidet und die frischen Lebern von der Brigade eines ebenfalls eingeflogenen Spitzenkochs zubereitet wurden.

Als krönender Abschluss wurden die Leckereien aus den Lebern der vor weniger als einer halben Stunde getöteten Rinder unter viel Lob verspeist. Sämtliche Zweifel hatten sich, wie der Giftstoff selbst, in Luft aufgelöst. Voller Euphorie wurden Verträge für Lieferungen von astronomischem Umfang abgeschlossen und ein erneuter Test, in freier Wildbahn, vereinbart.

Wenig später wurde Palmer von Sevens Vater, der sieben Jahre zuvor seine Frau verloren hatte, damit beauftragt, ihm ein neues Leben zu organisieren. Er hatte eine junge Frau kennengelernt und hatte sein Leben als Legende satt. Mit seinem Sohn, bekundete er zudem, habe er seit dem Verschwinden seiner Frau zunehmend Mühe, weshalb er Palmer um Rat bat.

„Elvis soll es auch so gemacht haben, wird gemunkelt", sagte Clayton und zwinkerte Palmer dabei zu, der wenig später einen Plan erstellt und sämtliche Vorkehrungen zum Transfer der flüssigen Mittel auf Schweizer Nummernkonten getroffen hatte. Gleichzeitig war Palmer mit der Organisation seines Versuchs unter realen Bedingungen beschäftigt, worauf die Sowjets bestanden hatten.

Noch heute, knapp fünfundzwanzig Jahre später, schrak er manchmal aus dem Schlaf, wenn er von diesem grauenhaften Moment träumte. Alles war perfekt inszeniert und was bisher immer funktioniert hatte, würde auch hier erfolgreich sein. Aus ausreichender Distanz musste er aber in der unendlichen Weite Sibiriens ungläubig dabei zusehen, wie eine kleine Rinderherde, die man aus Kobe in Japan importiert hatte, einfach stehen blieb, auch nachdem man mehrmals die Dosierung erhöht hatte. Später stellte sich heraus, dass die ohnehin instabile chemische Verbindung auf die UV-Strahlung der Sonne äußerst empfindlich reagierte und sich unmittelbar auflöste.

Seine Pläne, als erfolgreicher Unternehmer anerkannt zu werden, waren kläglich gescheitert. Wieder in seiner Heimat, gelang es ihm nur mit allergrößter Anstrengung, die Forderungen der Banken zu erfüllen. Danach war er pleite. Mit Schrecken malte er sich eine Zukunft im Betrieb seines Vaters aus.

Zwei Wochen später war er auf einer seiner Jachten, die nun den Banken gehörten, bei Dämmerung, starkem Wind und rauer See weit draußen im Meer und blickte angestrengt aus dem Fenster der Kommandobrücke. Wie abgemacht näherte er sich langsam dem Segelboot und warf dem Mann, der übers ganze Gesicht strahlte, eine Leine zu, die dieser mit geübten Handgriffen am Heck befestigte. Danach setzte Palmer vorsichtig wieder zurück, bis er einen ausreichenden Abstand hatte. Dann wartete er darauf, dass es Nacht wurde.

Als Clayton an Bord seines Segelbootes in tiefe Finsternis gehüllt war, nahm er die zwei Taschenlampen, knipste sie an und rotierte mit beiden hoch über dem Kopf. Auf der weniger als hundert Meter entfernten Jacht gingen die Lichter aus. Es war Zeit, vom bisherigen Leben Abschied zu nehmen. Jones löste das Seil, seine Verbindung zum neuen Leben, und hielt sich daran fest.

Kräftig stampfte er ein paar Mal auf das Deck seines edlen Segelbootes und schrie dann aus voller Kehle um Hilfe. Als er nach wenigen Sekunden den Schein einer Taschenlampe in der Öffnung erkannte, die hinunter zur Koje führte, sprang er voller Zuversicht in den Ozean, seinem neuen Leben entgegen. Das Wasser war kalt und er würde einige Minuten darin bleiben müssen, bis Palmer auf seinem Radar erkennen konnte, dass das Segelboot genügend Abstand gewonnen hatte und die Fracht geborgen werden konnte.

Damit Palmer nicht die ganze Arbeit allein machen musste und damit sein Körper warm blieb, fing er selbst an, sich Zug um Zug zu seiner jungen Geliebten zu ziehen, die im warmen Brasilien auf ihn wartete. Beschwingt von diesem Gedanken schien er plötzlich mühelos vorwärtszukommen.

Das Segelboot war über fünfhundert Meter entfernt und Seven würde seinen Vater unmöglich mehr finden können. Palmer ging, wie vereinbart, zum Seil, das er zuvor sorgfältig festgemacht hatte, nahm es in die Hände und zog daran. Deutlich konnte er das Gewicht von Clayton spüren, das am anderen Ende hing.

Als er genügend loses Seil hatte, öffnete er den Karabiner und zog den zuvor geschickt geknoteten Mastwurf heraus, der sofort auseinanderfiel. Palmer konnte fühlen, wie sich Clayton am anderen Ende Zug um Zug abmühte.

„Streng dich nicht an! Die nächsten Stunden werden noch hart genug, Clayton", murmelte Palmer und ließ das Seil Zug um Zug durch seine Hände gleiten, bis das lose Ende im Dunkel der Nacht verschwand.

Palmer hatte nur geringfügige Änderungen am Plan für Claytons neues Leben vornehmen müssen, um damit für seinen eigenen Neustart hervorragende Bedingungen zu schaffen. Als Wiedergutmachung würde er sich um Claytons junge, schwangere Geliebte kümmern. Ein paar Tage Urlaub in Brasilien waren dafür genau richtig.

Melancholisch dachte Palmer an die Nacht, in der er statt Sevens Vater zu neuen Ufern aufgebrochen war. Die Frau, die in Brasilien vergeblich auf den Vater ihres werdenden Kindes wartete, war atemberaubend schön, und so fiel es Palmer nicht schwer, sich um sie zu kümmern. Dank Claytons Nummernkonten hatte er erneut genügend Reserven, um seine Geschäfte wieder in Gang zu bringen.

Er signalisierte Evas Mutter später, dass auch er seinen besten Freund verloren und Trost ebenfalls dringend nötig habe. Dass er sich schließlich wirklich in sie verlieben würde, konnte er auf der Jacht noch nicht wissen, weil er die Frau noch nie zuvor gesehen hatte.

Nun war er, über fünfundzwanzig Jahre danach, erneut gezwungen, eine Entscheidung zu treffen. Sevens Vater hatte in den Weiten des Ozeans sterben müssen, damit Palmer sein bisheriges Leben wieder hatte aufbauen können. Seven würde vielleicht sterben müssen, damit Palmer sein bisheriges Leben würde weiterleben können. Er musste Gewissheit haben und wählte die Nummer eines seiner Spezialisten: „Ich bin's. Geh mal in Sevens Wohnung und schau dich dort ein bisschen um! Er hat einen Brief verfasst, der mich ein wenig ärgern könnte. Finde diesen Brief und den Empfänger für mich heraus!"

Schlafzimmer von Consuelo und Miguel García, 14.00 Uhr

García war nicht in der Stimmung gewesen, den alten Herrn zu empfangen, und ging lustlos in sein Büro. Wie hatte er sich so verrennen können? Da die meisten Verbrechen von Personen aus dem unmittelbaren Umfeld verübt wurden, hatte er sich auf das Segelteam der Schweizer konzentriert. Er war überzeugt davon gewesen, dass Mombelli irgendwie hinter der Sache steckte. Ein Motiv hätte er schon gehabt, aber Sinn ergab es wirklich keinen, und als einen, der einfach aus einer Laune heraus jemanden auf grausame Art und Weise umbringen ließ, schätzte García den Mann nicht ein.

In seinem Büro loggte er sich im Zentralcomputer ein und blätterte in den bisherigen Resultaten herum. Irgendetwas hatte er übersehen. Irgendwo lagen Hinweise, die er bisher nicht entdeckt hatte. Es war zum Verzweifeln. Er steckte fest.

Es war kurz vor zwölf, als er sich erneut etwas erlaubte, was ihm bisher nicht im Traum eingefallen wäre. Er ging zum Mittagessen nach Hause und hielt anschließend eine ausgedehnte Siesta. Langsam, aber sicher gelang es ihm, die Prioritäten in seinem Leben neu zu definieren.

Er versprach Consuelo, dass er ab der nächsten Woche einen Monat Urlaub nehmen würde, und überraschte sie damit, dass er in Betracht zog, sich während dieser Zeit von Fuentes vertreten zu lassen; mehr noch, dass er sogar vorhatte, die Verantwortung für diesen Fall an Fuentes zu delegieren.

Aus der Siesta war schließlich auch nichts geworden. „Du hast ja schon einen ganz dicken Hals!“, sagte sie neckisch zu ihm, nachdem die Kinder zu ihren Kameraden geeilt waren, und zog ihn geheimnisvoll lächelnd ins Schlafzimmer. Wie immer fragte er sich danach, weshalb sie das nicht öfter machten, und betrachtete seine Frau, die nackt und halb bedeckt neben ihm lag.

Sie war immer noch schön und begehrenswert, auch wenn die gemeinsamen Jahre nicht spurlos an ihr vorübergegangen waren. Zärtlich streichelte er ihren Nacken und beobachtete fasziniert, wie dabei ihre feinen Härchen aufstanden und sich gleichzeitig aus ihrer glatten, weichen Haut Tausende von Hügeln zu einem erregenden und abenteuerlichen Gänsehautgebirge erhoben.

Es war einer dieser klaren Momente, in denen er sich fragte, ob er es wirklich verdient hatte, mit dieser tollen Frau zusammenzuleben, und ob er genug dafür tat. Er hoffte, dass die Antwort auf die erste Frage „Ja“ war, und befürchtete, nein wusste, dass die zweite mit „Nein“ beantwortet werden musste. „Ich will jetzt nicht grübeln“, dachte er, wandte sich erneut dem Studium des ihm so angenehm vertrauten Körpers zu und genoss den Augenblick.

Universitätsklinik Valencia, 16.00 Uhr

Als er die Nachricht von Dolores' Tod erhalten hatte, glaubte er für einen Moment, dass er am liebsten auch gleich tot wäre. Der kurze Besuch von Strauß hatte ihn jedoch eines Besseren belehrt. Er hatte nach dem Mittagessen noch lange darüber nachgedacht, was er wohl tun sollte, und dann endlich Palmer angerufen, der zwar schwierig, aber doch immer auch ein wenig wie ein Vater für ihn gewesen war.

Bis die Sache mit seinem Vater passiert war, hatte dieser sich regelmäßig mit Palmer getroffen und dabei lachten sie jeweils über die gemeinsamen Monate in der Schweiz, wo sie sich kennengelernt hatten. Nachdem sein Vater im Ozean verschwunden war, hatte Seven versucht, Kontakt zu Palmer aufzunehmen, weil er wohl dachte, dass dieser ihm ein neues Zuhause würde bieten können. Anscheinend aber war Palmer auch in Schwierigkeiten geraten, denn als er bei dessen Firmensitz anrief, erhielt er den Bescheid, die Firma befinde sich im Konkursverfahren und Mister Palmer sei mit unbekanntem Ziel verreist.

Sein Vater hatte zwar viele mächtige Freunde und Einfluss gehabt, aber davon spürte Seven nichts mehr. Er war fünfzehnjährig, hatte keine Eltern mehr und auch sonst niemanden, zu dem er hätte gehen können. Da er nicht getauft worden war, hatte er auch keine Paten, die sich um ihn gekümmert hätten. Er blieb also allein in seinem Elternhaus, wo zunächst die Köchin und die Haushälterin für ihn sorgten.

Als nach einem Monat die Lohnzahlungen für die Hausangestellten ausblieben, suchten sie sich neue Arbeit und gingen. Seven blieb allein zurück, schwänzte die Schule und begann sich mit dem Alkohol in Vaters gut gefüllter Bar anzufreunden. Er aß die Vorräte auf, die noch im Haus waren, und stand eines Tages ohne Geld und Hilfe da.

Natürlich hatte man in der Schule gemerkt, dass da etwas nicht stimmte, aber es dauerte zwei Monate, bis die Behörden reagierten und einen Streifenwagen losschickten, der nach dem Rechten sehen sollte. Die zwei Beamten fanden Seven in der Bar auf dem Boden liegend. Es stank fürchterlich und man stellte fest, dass er sich seit mehreren Wochen nicht mehr gewaschen und seit Tagen nur noch Alkohol zu sich genommen hatte. Man brachte ihn in ein Spital, und von dort wurde er direkt in ein Jugendheim gesteckt.

Schnell wurde ihm klar, dass er es dort nicht lange aushalten würde, und riss aus. Das nächste Jahr verbrachte er bei seinem Großvater, dem Maori-Häuptling, bei dem er jedoch rasch in Schwierigkeiten geriet, weil er sich den Gebräuchen und Sitten nicht anpassen wollte und konnte. In dieser Zeit freundete er sich mit einigen Mitgliedern einer üblen Gang an und fing an, mit diesen herumzuhängen.

Als ihn sein Großvater hinausgeworfen hatte, fand er jeweils bei irgendwelchen Kollegen für ein paar Wochen eine Bleibe, bis er den armen Burschen totschlug und das Land fluchtartig verlassen musste.

Auf dem Schiff hatte er sich durch die Arbeit und das regelmäßige Essen wieder an einen Rhythmus gewöhnt, sodass er in ausgezeichneter Verfassung in Korsika ankam. Beim 2. Fallschirmjäger-Fremdenregiment in Calvi wurden, wie erwartet, keine Fragen gestellt und er hatte endlich einen Platz gefunden, wo ihm gesagt wurde, was er zu tun hatte, und wo er regelmäßig etwas zu essen bekam. Im Gegensatz zu früher, als er sich oft gegen Anweisungen zur Wehr gesetzt hatte, fiel es ihm hier leicht zu gehorchen, weil es alle anderen auch taten und jeder einen Riesenrespekt vor den drakonischen Strafen hatte, die bei Ungehorsam drohten.

In der Grundausbildung tat sich Seven als guter Sportler mit seinen fast zwei Metern Körpergröße besonders hervor. Er wurde einer kleinen Elitetruppe zugeteilt, die sich auf Häuserkampf, Antiterror und Geiselbefreiungen spezialisiert hatte, und wurde zu Kampfeinsätzen in viele Krisengebiete geschickt.

Als er zwei Jahre bei dieser Einheit gedient hatte, lernte er JC kennen, der gerade neu zu seiner Gruppe gestoßen war. Schnell freundeten sie sich an und fanden dabei heraus, dass sie beide begeisterte Segler waren. Fortan verbrachten sie die spärlich bemessene Freizeit regelmäßig mit Segeln. Dabei entdeckten sie, dass sie ausgezeichnet miteinander harmonierten und dass sich jeder auf den anderen verlassen konnte. Bei einem ihrer Kampfeinsätze war JC von einem Granatsplitter am Bein getroffen worden und blieb liegen, worauf Seven ihn, unter Einsatz seines eigenen Lebens, in Sicherheit brachte.

Kurz darauf fanden auch die Wege von Palmer und Seven erneut zusammen. Im Jahr 1990 waren JC und Seven für die UNO in Angola im Einsatz. Palmer, inzwischen wieder im Geschäft, hatte zuvor jahrelang vergeblich versucht Seven aufzuspüren. Dieser war mit JC in einem Vergnügungslokal, welches für die ausländischen „Gäste" errichtet worden war, als ihm jemand von hinten auf die breiten Schultern klopfte. Frank Palmer.

Trotz des traurigen Orts gab es ein freudiges Wiedersehen. Palmer erzählte begeistert von einem neuen Projekt, das er maßgeblich unterstützte, und fand, dass JC und Seven gute Voraussetzungen hätten, um dabei sein zu können. Schnell war man sich einig und Palmer versicherte ihnen, dass er sonst in seiner eigenen Organisation immer interessante Jobs für Männer mit ihren Qualitäten hätte.

Die acht Jahre Legion hatten Seven zwar gestählt, aber mit dem Auftauchen von Palmer kehrte auch wieder ein Gefühl von Vertrautheit, ja Geborgenheit in ihn zurück. Es war für ihn so, als ob er einen Teil seiner verloren geglaubten Familie wiedergefunden hätte. Palmer arrangierte seine Rückkehr und räumte ihm sämtliche Steine aus dem Weg. Seven wurde in seiner alten Heimat empfangen wie der verlorene Sohn, der nach Hause zurückkehrt. Palmer hatte recht. Was hatte dieser Mann nicht schon alles für ihn getan? Beruhigt machte er es sich auf seinem Kissen bequem und atmete durch. Palmer war wie ein Vater für ihn. Von ihm würde er nichts zu befürchten haben.

Konferenzraum Mordkommission, 17.00 Uhr

Sowohl der Polizeipräsident als auch Fuentes hatten es während ihrer kurzen gemeinsamen Sitzung unmittelbar vor dem Rapport abgelehnt, dass García den Fall an Fuentes abgab. Der Präsident bat García anschließend noch um ein kurzes Gespräch unter vier Augen. Dabei bedankte er sich aufrichtig für die Kehrtwende, welche García in Bezug auf Fuentes vollzogen hatte.

García nutzte die Gelegenheit und ersuchte um Urlaub. Der Präsident, darüber nicht erfreut, wollte ihm diese Bitte verweigern. García gelang es jedoch, seinem Chef klarzumachen, dass er diese Ferien in jeder Beziehung nötig hatte und dass dies für Fuentes eine erste Gelegenheit wäre, sich als sein Stellvertreter zu profilieren, worauf der Präsident zähneknirschend einwilligte.

„… Ich habe heute Morgen Señor Mombelli befragt und zähle ihn beim jetzigen Ermittlungsstand nicht mehr zum erweiterten Kreis der Tatverdächtigen. – Carlos, bitte", schloss García seine kurze Einleitung.

„Ich kann Miguels Eindruck betreffend Mombelli bestätigen. Auch ich sehe keinen direkten Zusammenhang. Am Nachmittag hatte ich einen Gast, der am 3. Juli den ganzen Wettkampf und die anschließende Siegerehrung von der Tribüne aus gefilmt hat. Ich habe über fünf Stunden lang konzentriert in den Bildschirm gestarrt und mir dabei die Kommentare und anderen Geschichten des Herrn anhören müssen. Der Mann hatte während des ganzen Rennens die Menschen auf der Tribüne, den Hafen und alles Mögliche gefilmt und deshalb hoffte ich, dass der Film vielleicht irgendetwas enthält, das uns weiterhelfen könnte.

Als er die Boote filmte, die nach dem Rennen in den Hafen gezogen wurden, war von einer Siegerehrung keine Spur zu sehen. Der alte Herr war gründlich vorgegangen und hatte die DVD des ersten Rennens eingelegt. Am liebsten hätte ich ihn angebrüllt und hinausgeworfen, so wütend war ich über die vergeudeten fünf Stunden. Jedenfalls ließ ich es sein und erhielt dafür sein ganzes America's-Cup-Archiv, in dem er für jeden Act der Qualifikation und jeden der sieben Wettkämpfe des Finales je eine DVD angelegt hatte. Dieser Mann hat sonst nichts zu tun und hat so über fünfzig DVDs mit insgesamt mehr als zweihundert Stunden Filmmaterial gesammelt, das er in diesem Rucksack hier gleich mitgebracht hat. Ich schlage vor, dass wir eine Gruppe bilden, die dieses Material in chronologisch umgekehrter Reihenfolge sichten und auswerten wird."

Als Fuentes erzählte, dass er fünf Stunden vor dem falschen Film gesessen war, fielen einige im Raum ins alte Muster zurück und grinsten hämisch. Nun aber wartete man gespannt darauf, wie García auf Fuentes' Vorschlag reagieren würde.

„Ich finde deine Idee gut, Carlos. Du kannst dir selbst eine Gruppe zusammenstellen, die diese Informationen gemäß deinen Anweisungen auswertet. Ortega, wie steht's mit deinen Leuten? Was haben die Adressen bisher ergeben?"

„Die Palette der abstrusen Geschichten und abenteuerlichen Theorien ist lang. Wir haben den Eindruck, dass sich jeder gemeldet hat, der unzufrieden und einsam ist. Wir hatten zum Beispiel auch den Herrn am Telefon, der schließlich bei Fuentes gelandet ist. Im aufgezeichneten Gespräch, das über zwanzig Minuten gedauert hat, ist er nicht ein einziges Mal auf die Filme zu sprechen gekommen. Nein, unsere Arbeit hat bisher nicht das Geringste ergeben.

Wir haben sogar einen Anruf aus dem Ausland erhalten, in dem eine Frau, nachdem sie in den Online-Nachrichten vom Tod von Frau Márquez erfahren hatte, behauptete, Frau Márquez habe ein Geschenk mit wichtigen Informationen für uns. Wir sollten ihre Wohnung durchsuchen. Sie wollte jedoch weder Angaben über ihre Person machen, noch dazu Stellung nehmen, woher sie dies wisse."

„Wer hat diesen Anruf entgegengenommen?", fragte García und einer der zugeteilten Kollegen meldete sich. „Hattest du den Eindruck, dass es sich auch um eine Person handelte, die sich wichtig machen wollte?" – „Das ist schwer zu sagen, Hauptkommissar …" – „Wir sind hier alle per Du", unterbrach ihn García. – „Ich weiß nicht, ob die Frau wirklich etwas wusste. Zudem habe ich sie nur sehr schlecht verstanden, da ich kein Englisch kann und sie nur sehr schlecht Spanisch sprach."

„Wir können keine Hausdurchsuchung durchführen, wir wissen ja gar nicht, wonach wir suchen sollten. Ich sehe im Moment nicht, was Frau Márquez mit dem Verbrechen an ihrem Geliebten zu tun haben soll. Wenn sich diese Frau noch einmal bei uns meldet, und das wird sie tun, wenn sie wirklich konkrete Hinweise hat, müssen wir dafür sorgen, dass jemand am Apparat ist, der Englisch spricht. Gibt's sonst was aus deiner Gruppe, Ortega? … Dann möchte ich Carmen hören bitte", sagte García knapp, als Ortega den Kopf schüttelte.

„Ich habe mich noch einmal intensiv mit Steven ‚Seven' Jones unterhalten und bin ebenfalls zu dem Schluss gekommen, dass er mit der Sache nichts zu tun hat", erklärte sie, worauf sich ein Murmeln und Flüstern im Raum erhob. „Was ist mit dem Angriff auf dich?“, fragte Joaquín ungläubig.

„Ja, klar, dieser Angriff. Wie ihr wisst, hatte er eine beträchtliche Dosis Kokain im Blut, wofür wir ihn natürlich festnageln könnten. An der Ermordung von JC Duval hingegen kann er eindeutig nicht beteiligt gewesen sein. Bei der ersten Befragung stand er sowohl unter dem Einfluss von Stress und Drogen als auch unter Schock, was eine Kurzschlusshandlung wie den Angriff auf mich durchaus erklären könnte. Das bestätigen auch die Ärzte.

Es würde noch in Frage kommen, dass er auf eine andere Art und Weise mit dem Verbrechen in Verbindung steht. Bei meiner Befragung, bei der er mir belastende Details seiner Biografie gestand, die bisher nicht bekannt waren, hatten mein Kollege und ich den Eindruck, dass er die Wahrheit sagte. Es kann sich gerne noch einmal jemand mit ihm unterhalten, aber ich glaube, er hat mit dem Verbrechen nichts zu tun. Bei der Nachricht vom Tod von Frau Márquez ist er zusammengebrochen. Wir haben es also mit einem sensibleren Mann zu tun, als wir es aufgrund seiner Vergangenheit vermuten konnten.“

„Danke, Carmen. Unser Hauptverdächtiger ist also definitiv nicht einer der Mörder und wahrscheinlich auch sonst nicht in der Lage, uns irgendwie weiterzuhelfen. Haben die Befragungen irgendetwas ergeben, woraus sich wieder ein Anhaltspunkt für einen Verdächtigen oder zumindest ein Motiv für diese unbegreifliche Tat ergeben würde? – Manolo, bitte!“

„Der Streit und die Vorwürfe von Mombelli gegenüber JC Duval sind Tatsache. Mombelli ist zudem ein Mann, der sehr ehrgeizig ist und der, wie viele andere auch, nicht gerne verliert. Er kann bisweilen bei Niederlagen sehr emotional reagieren. Dies wissen wir alles, es reicht jedoch nicht aus. Zeitpunkt und Art des Verbrechens sind zudem so gewählt, dass Mombelli als Drahtzieher des Verbrechens im Moment sehr unwahrscheinlich scheint.

Seven war, das wird von allen Mitgliedern bestätigt, JCs bester Freund. Auch hier ist im Moment kein Motiv in Sicht", schloss Manolo Ramírez seine Einschätzung.

Alle Fäden, welche bisher aufgenommen worden waren, hatten sich in nichts aufgelöst. García hoffte immer noch auf einen Anhaltspunkt und erteilte dem Kollegen von der Spurensicherung das Wort. In den vergangenen Tagen hatten diese, unterstützt von Tauchern der Marine und von der Küstenwache, das Jachthafen-Becken und speziell das Gebiet rund um die Ehrentribüne unter der Wasseroberfläche nach Spuren abgesucht.

„Wir haben aufgrund von leichten Kratzspuren, die wir am Kiel und auf der Kielbombe des Bootes gefunden haben, festgestellt, dass das Opfer noch lebte und sich kräftig zur Wehr setzte, als es in der Position fixiert wurde, in der es schließlich gefunden wurde."

„Dieser Ansicht ist auch die Pathologie, die Blutergüsse, Schürfungen und sogar Schnittverletzungen an JC Duvals Körper festgestellt hat, die er sich eindeutig beim Kampf unter der Wasseroberfläche zugezogen haben muss. Insbesondere an den Spanngurten hat sich das Opfer einige der genannten Spuren geholt, während es um sein Leben kämpfte", warf García dazwischen.

„Da wir recht genaue Angaben über den Tatort hatten, haben wir im Wasser unterhalb des Stegs begonnen, an dem das Boot während der Pokalübergabe festgemacht war. Dort haben wir, neben dem üblichen Müll, auch all jene Dinge gefunden, die mein Kollege euch jetzt zeigen wird", erklärte der Beamte von der Spurensicherung, worauf einige der Fundgegenstände an die Leinwand projiziert wurden.

„Mit großer Wahrscheinlichkeit handelt es sich bei dem gezeigten Amulett um ein Schmuckstück, das dem Opfer gehörte, was ebenfalls für die Sonnenbrille zutrifft, die danach zu sehen sein wird. Wir haben des Weiteren ein Kästchen mit einem Display gefunden, dessen Verwendungszweck bisher nicht klar ist.

Jedenfalls können wir davon ausgehen, dass der Mord während der Pokalübergabe unterhalb der Rennjacht geschah. Die Luftblasen, die dabei aufgestiegen sein müssen, sind niemandem aufgefallen, weil einerseits der Rummel an einem anderen Ort stattfand und andererseits das ganze Wasser mit einem Teppich aus farbigen Plastikkonfetti bedeckt war. Die Hoffnung herauszufinden, woher die Taucher gekommen und wohin sie wieder verschwunden sind, ist bisher nicht erfüllt worden. Momentan klären wir ab, woher die Spanngurte stammen, mit denen das Opfer am Kiel festgebunden wurde.

Die Untersuchung des Bootes, die wir in enger Zusammenarbeit mit dem Konstruktionsteam vornehmen, hat bisher keine konkreten Hinweise zutage gefördert. Im Bereich des Bugs, innerhalb des Bootsrumpfs, hat offenbar jemand gekotzt und dies notdürftig aufgewischt. Da Alkohol konsumiert wurde und die Wasseroberfläche gleichzeitig sehr kabbelig war, nehmen wir an, dass einem der vielen Menschen, die nach der Zieldurchfahrt das Boot besetzt hatten, einfach schlecht wurde und er zum Kotzen runter in den Rumpf ging, damit ihm nicht Millionen von TV-Zuschauern dabei zusehen konnten.

Wir haben eine Probe vom Erbrochenen sichergestellt. Um herauszufinden, wer es dort hinterlassen hat, müssten wir im Minimum von jedem, der an diesem Tag auf dem Boot war, einen Gaumenabstrich und eine Speichelprobe haben, wofür wir einen Beschluss des Staatsanwalts brauchen würden. Die Untersuchungen des Bootes sollten heute Abend abgeschlossen werden und auf sämtliche Resultate kann morgen zurückgegriffen werden", schloss der Leiter der Spurensicherung seinen Bericht.

„Mit den Proben warten wir vorerst ab, bis wir konkretere Hinweise haben. Unser Kollege hat ja eine plausible Erklärung für eine mögliche Ursache der Übelkeit geliefert. Hat sonst noch jemand etwas? – In Absprache mit der Pathologin habe ich die Leiche von JC Duval heute Mittag freigegeben.

Das Flugzeug, das das gesamte Team heute Abend nach Genf bringen soll, landet mit JCs Leichnam in diesen Minuten in Paris, wo er seiner Familie übergeben wird. Die dortige Polizei führt übrigens in unserem Auftrag auch Ermittlungen durch, hat jedoch bisher ebenfalls keine nennenswerten Ergebnisse.

Die Bestattung findet am 9. Juli in Paris statt, wo die angesehene Familie von JC Duval eine Familiengruft besitzt. Ich werde ab der nächsten Woche für einen Monat mit meiner Familie in die Ferien fahren. Am Montag werde ich in Paris sein und mit den Kollegen vor Ort unsere Zusammenarbeit besprechen und euch darüber per E-Mail informieren.

Unterwegs werde ich täglich die Rapporte lesen und mich in den Server einloggen, damit ich auf dem Laufenden bleibe. Carlos hat als Einziger die Handynummer meiner Frau und kann mich in Notfällen kontaktieren. Es sieht nach einer langwierigen Ermittlung aus, und ich rechne damit, dass der Fall bis zu meiner Rückkehr nicht gelöst ist.

Nach meinen Ferien werde ich mit Carlos zusammen entscheiden, wer diesen Fall letztlich leitet. Der nächste Rapport findet unter der Leitung von Carlos Fuentes morgen Samstag um 17.00 Uhr statt. Gibt es noch Wortmeldungen?", fragte García, und eine Hand erhob sich zögernd.

Die junge Frau, die beim Telefonieren mit ihrem Kollegen geflirtet hatte, stand etwas gehemmt auf: „Ich habe noch an eine andere Möglichkeit gedacht und mit meinem Kollegen darüber gesprochen. Könnte es nicht sein, dass der Gegner der Schweizer Segler etwas mit dem Mord zu tun hatte? Die Geldgeber sind doch aus einem Ölstaat, und wir haben uns gedacht, dass da auch eine Verbindung zu islamistischen Kreisen möglich wäre. Auch eine Vergeltungsaktion der Fremdenlegion ist denkbar. Ich dachte bloß …"

Alle Blicke waren auf sie gerichtet und die junge Frau brach beschämt ab. Natürlich hatten sich viele Anrufer gemeldet und islamistische Terroreinheiten beschuldigt, für das Verbrechen verantwortlich zu sein.

„Du hast recht, das sind durchaus Richtungen, die wir angehen müssen. Wir haben uns tatsächlich zu sehr auf die unmittelbare Umgebung konzentriert. Wir werden morgen früh auf deine Anregungen zurückkommen“, meinte García. „Anschließend wird eine Pressekonferenz stattfinden. Wir werden dabei mit unseren leeren Händen erneut nicht gut dastehen, fürchte ich“, beendete García den Rapport und erhob sich.

London, Hotel Savoy, 18.00 Uhr

Eva mochte es, wenn Palmer sie allein im Hotel in London ließ. Nach dem Frühstück mit ihm ging sie erneut nach Wimbledon, wo sie trotz des Regens ein paar Ballwechsel des spanischen Kraftbündels Nadal mitverfolgte. Sie selbst hatte als Kind Tennis gespielt und es hatte ihr Spaß gemacht, sich im Wettkampf zu messen. Palmer bezahlte ihr zwar Tennisstunden, wollte jedoch nicht, dass sie als Sportlerin Karriere machte.

Über ihre Kindheit hatte sie sich nie beklagen können. Sie war wohlbehütet und gut umsorgt von ihren Kindermädchen und den übrigen Hausangestellten aufgewachsen und hatte nie Hunger oder Leid erfahren müssen. Kontakt zu Gleichaltrigen fand sie in St. Moritz, wo sie den größten Teil ihrer Kindheit verbrachte, im Winter in der JO (Jugend-Organisation) des Skiclubs und im Sommer im Tennisclub. Der Trainer im Skiclub hatte viele verschiedene Dinge mit ihnen unternommen und es gab noch heute nichts Schöneres für Eva, als einen frisch verschneiten Hang hinunterzufahren.

Eva wusste zwar schon, dass die anderen Kinder in großen Zimmern mit Gleichaltrigen zur Schule gingen und dort die gleichen Dinge lernten wie sie zu Hause bei ihren Lehrerinnen. Sie war aber zufrieden so, wie sie lebte, und vermisste den Kontakt zu anderen Kindern außerhalb ihrer sportlichen Aktivitäten kaum.

Mit dreizehn Jahren stellte sie plötzlich fest, dass ihr zwischen den Beinen und in den Achselhöhlen ein Fell zu wachsen begann. Sie wagte nicht, mit jemandem darüber zu sprechen, weil sie Angst hatte. Das musste etwas Schlimmes sein. Als sich plötzlich die Haut unter ihren Brustwarzen zu wölben begann, fing sie an, es mit weiten Pullovern zu kaschieren. Schließlich fühlte sie eines Tages ein starkes Ziehen im Bauch und am nächsten Morgen war ein Blutfleck auf ihrem Leintuch. Voller Panik stürzte sie zu ihrer Lehrerin und fiel ihr schluchzend in die Arme. Diese merkte sofort, was mit ihr los war, tröstete sie und erklärte ihr liebevoll, was mit ihr passierte.

Eva fiel ein Stein vom Herzen, als sie erfuhr, dass sie ganz normal war und dass es für alles, was mit ihr vor sich ging, einen Namen gab. Irgendwann hatte sie angefangen, die oft wechselnden Frauen zu nummerieren, welche jeweils bei ihnen wohnten, und Palmer hatte schallend gelacht, als es ihr einmal herausgerutscht war. Nummer 5 war davon ausgegangen, dass Eva schon lange aufgeklärt worden war. Sie war überrascht davon, am Ende des zweiten Jahrtausends ein völlig ahnungsloses und unschuldiges dreizehnjähriges Mädchen anzutreffen.

Eva wollte alles wissen und Nummer 5 gab ihr bereitwillig und geduldig auf jede Frage eine Antwort. Langsam wurde Eva dabei auch klar, dass der Tanz, den Nummer 3 damals auf Palmers Bauch getanzt hatte, gar kein Tanz gewesen war.

„Hast du auch schon auf Palmers Bauch getanzt?", fragte sie Nummer 5 und wurde von dieser verständnislos angestarrt. Eva schilderte ihr Erlebnis, worauf Nummer 5 herzlich lachte. Als Eva die Frage jedoch erneut stellte, gab diese sich plötzlich zugeknöpft und meinte, das sei privat, worunter sich Eva überhaupt nichts vorstellen konnte.

Palmer würde es sicher gar nicht schätzen, wenn sie Dinge aus ihrem Intimleben, so drückte die Frau sich nun aus, erzählen würde. Sie sei bereit, ihr allgemein über alle Dinge Auskunft zu geben, wie es eben eine Lehrerin tue, aber über das, was sie selbst so möge und tue, werde sie ihr gegenüber keine Aussage, auch das hatte sie gesagt, mehr machen.

Jedenfalls war Evas Interesse geweckt und sie begann damit, sich selbst zu erforschen und kennenzulernen. Sie fand Spaß daran, sich zärtlich zu streicheln, und versuchte sich am Tanz der Nummer 3, für den sie sich eine Unterlage aus Kissen und Decken gebaut hatte. Sie merkte bald, dass da etwas fehlte, und begann sich nun für Jungs zu interessieren. Sie schwärmte für einen Jungen, der mit ihr Tennis spielte. Nach ein paar Monaten fragte er sie, ob sie mit ihm gehen wolle.

„Wohin?", fragte Eva ehrlich und erntete einen verständnislosen Blick. Als sie dies beim Abendessen ihrer Lehrerin erzählte, erklärte ihr die die Bedeutung der Frage. Eva brannte auf das nächste Training, um dem Jungen zu sagen, dass sie mit ihm gehen wolle.

Sie begannen damit, auch neben dem Training zusammen Tennis zu spielen, wobei sie sich auf dem Platz vor Sehnsucht nacheinander beinahe zu verzehren schienen.

„Ihr fresst euch ja gegenseitig fast auf", hatte eine von Evas Teamkameradinnen einmal schnippisch zu ihr gesagt. Dabei hatten sie sich, abgesehen von dem Händedruck vor und nach dem Spiel, noch nie berührt.

Als ihr Freund sie einmal fragte, ob sie mit ihm schwimmen wolle, statt Tennis zu spielen, war sie sofort einverstanden gewesen. Daheim zog sie den Badeanzug unter dem Tennisröckchen an und sagte wie üblich, dass sie Tennis spielen gehe. Gemeinsam gingen sie zu einer kleinen Bucht, die etwas entfernt vom Dorf an einem Wald gelegen war. Dort richteten sie sich, versteckt vor den Augen der flanierenden Touristen, ein gemütliches Plätzchen ein und gingen im kühlen See baden.

„Trocknest du mich ab?“, bat er sie, worauf sie ohne zu zögern das Badetuch nahm und ihn so trocken schrubbte, wie sie es von ihren Kindermädchen gewohnt war. – „Jetzt du mich!“, befahl sie ihm und Eva merkte, dass man das auch ganz anders machen konnte, als sie es in Erinnerung hatte. Sie fühlte ein angenehmes Kribbeln im ganzen Körper und kriegte eine Gänsehaut. „Ich wusste gar nicht, dass Erfrieren so schön sein kann“, hauchte sie.

Nebeneinander legten sie sich auf eine warme Steinplatte und streichelten einander etwas unbeholfen. Plötzlich beugte er sich zu ihr und küsste sie auf den Mund. Eva riss erschrocken ihre Augen auf und sah, dass er seine dabei geschlossen hatte und seinen Mund nach der kurzen Berührung der Lippen wieder von ihr nahm.

„Jetzt musst du mich küssen“, sagte er und legte sich auf den Rücken. Mit gemischten Gefühlen beugte sie sich zu ihm hin und berührte ganz kurz seine Lippen, bevor sie schnell den Kopf wieder zurückzog.

„Sag bloß, du hast noch nie einen Jungen geküsst?“, fragte er sie erstaunt, worauf sie wortlos und ein bisschen traurig den Kopf schüttelte. „Soll ich es dir zeigen?“, fragte er, und sie nickte ihm schüchtern zu, worauf er sich zärtlich über sie beugte und sie erneut küsste. Als er seine Zunge in ihren Mund schob, schrie sie erschrocken auf und rannte angeekelt davon.

Nummer 5 musste lachen, als Eva ihr davon erzählte, was für Palmer nicht galt, als er davon erfuhr. Er hatte fürchterlich getobt und Eva, die ohnehin nichts mehr von Jungs wissen wollte, verboten, sich noch einmal mit einem einzulassen.

Danach war Bewacher Nummer 1 bei ihnen eingezogen, und ihr Leben als sorgloser Teenager war vorbei, was Eva jedoch noch nicht wusste. Eva hatte Palmer geliebt und sich immer riesig darüber gefreut, wenn er ein paar Tage bei ihnen in St. Moritz war. Sie war glücklich darüber, dass er nun häufiger kam und mehr Zeit mit ihr verbrachte. Da sie schon immer bemüht gewesen war, Palmer eine folgsame Tochter zu sein und weil ihre erste Erfahrung mit Jungs bei ihr einen zwiespältigen Eindruck hinterlassen hatte, lehnte sie sich nicht gegen diese Maßnahme auf.

Eva hatte zwar weniger Bewegungsfreiheit, merkte aber bald einmal, dass sich ihr neue Möglichkeiten boten. In einer warmen Vollmondnacht des folgenden Sommers, Palmer war nicht da, wachte Eva auf und holte sich, ohne das Licht einzuschalten, im Kühlschrank etwas zu trinken. Da ihre Lehrerin ihr am Nachmittag gesagt hatte, in dieser Nacht sei der Mond besonders nah und hell zu sehen, ging sie mit ihrem Glas Milch auf die Terrasse und sah staunend zum Himmel empor.

Obwohl sie nur mit ihrem Nachthemdchen bekleidet war, fror sie nicht und wollte sich gerade auf einen der bequemen Sessel setzen, als sie vom Pool, der im großen Park hinter dem Haus lag, ein leises Geräusch vernahm. Überrascht und ängstlich schlich sie um die Ecke, in die vom Mondlicht nicht erhellte Dunkelheit, von wo sie vorsichtig zum Pool hinunterblicken konnte.

Erschrocken zuckte sie zusammen und machte sich leise davon, als sie unten am Pool zwei Menschen nackt auf einer großen Decke liegen sah. Schnell trank sie ihr Glas Milch aus, stellte es in die Spüle und ging zurück ins Bett, wo sie versuchte, wieder zu schlafen. Sie hatte nicht vergessen, wie Palmer reagiert hatte, als sie mit zehn Jahren einem Liebesspiel zugesehen hatte. Er würde wieder toben, wenn er wüsste … Schlagartig wurde Eva klar, dass Palmer keinesfalls toben würde, weil er gar nicht da war.

Eilig zog sie sich wärmer an und huschte wieder auf die schattige Seite der Terrasse. Sie legte sich leise auf eine der bequemen Liegen, von wo aus sie eine prima Sicht auf ihren Bewacher und ihre Lehrerin hatte, die sich wenige Meter von ihr entfernt im sanften Mondlicht liebten.

In dieser Nacht lernte sie Privates von ihrer Lehrerin Nummer 5, worüber zu sprechen dieser die Schamröte ins hübsche

Gesicht getrieben hätte. Dazu machte Eva noch die Entdeckung, dass Männer bei diesem Spiel noch sehr viel mehr Rollen beherrschten als nur die des staunenden Zuschauers. Mit einem bisher nicht gekannten Vergnügen schaute Eva den beiden zu, die sich ihrer Lust bis zur Erschöpfung hingaben. Sie hatte nun auch deutlich gesehen, weshalb ihre aus Kissen und Decken gebaute Unterlage damals nicht die erhoffte Wirkung erzielt hatte.

Aufgewühlt und erregt huschte sie zurück ins Haus und schlüpfte in ihr erkaltetes Bett, wo sie bald darauf ihren ersten Orgasmus erlebte. Es sollte nicht das letzte Mal gewesen sein, dass Eva die Genüsse ihrer Betreuer als Zuschauerin teilte.

Nach einiger Zeit war Eva aufgefallen, dass sich die beiden deutlich anders benahmen, wenn Palmer im Haus war. Sie wollte herausfinden, ob auch diese Lehrerin jeweils bei Palmer Unterschlupf fand. Wenn Palmer da war, lehnte sie ihre Tür nur an und lauschte. Als sie hörte, wie die Tür des Nebenzimmers sich öffnete und leise Schritte die Treppe hinaufstiegen, wartete sie einen Moment, kroch aus dem Bett und stieg ebenfalls die Treppe hoch. Was sie aus Palmers Schlafzimmer hörte, bestätigte ihren Verdacht.

Als Palmer mit Eva einmal allein in der Sauna war, fragte sie ihn, ob ihre Lehrerin auch für ihn tanzen würde. Palmer sah sie verdutzt an und verstand nicht, was die Frage sollte. Als Eva ihm schüchtern erklärte, dass sie ja vor über vier Jahren einmal beobachtet habe, wie ihre damalige Lehrerin auf seinem Bauch für ihn getanzt habe, musste er lauthals lachen.

„Nein, mein Schatz, die Lehrerin Nummer 5, wie du sie nennst, tanzt nicht für mich. All deine Lehrerinnen waren mögliche zukünftige Frauen von mir, die ich jeweils auf Probe in meinem Haus wohnen ließ und mit denen ich mich auch vergnügte, wie du inzwischen weißt. Deine jetzige Lehrerin hat ihre Probezeit bestanden und ich werde sie heiraten, wenn sie mir einen Sohn schenkt."

„Muss ich dann von hier weggehen?", blickte Eva ihn erschrocken an. – Nach einigem Zögern lächelte Palmer sie an und sagte: „Nein, Liebes. Aber du würdest eine neue Lehrerin bekommen und ich würde mit meiner Frau und meinem Sohn in einem anderen Haus wohnen."

Es traf sie wie ein Keulenschlag. Ihr wurde bewusst, dass sie dann niemanden mehr auf der Welt haben würde. „Würdest du mich weiterhin regelmäßig besuchen?", fragte sie und war den Tränen nahe. „Sicher würde ich das. Das weißt du doch", sagte er freundlich. Niemand kannte Palmer so gut wie Eva und sie wusste, dass er log. Sie musste alles daran setzen, dass Palmer sie nicht verlassen würde.

Kaum war Palmer wieder aus dem Haus, fingen die geheimen Spiele wieder an. „Ich weiß, dass du mit meinem Bodyguard schläfst und dass du gleichzeitig Palmer einen Sohn gebären sollst", fiel Eva in einer morgendlichen Mathematikstunde mit der Tür ins Haus. Die verdatterte Lehrerin versuchte erst gar nicht zu leugnen und flehte sie mit angsterfüllten Augen an, Palmer nichts davon zu erzählen. Sie dürfe auf keinen Fall schwanger werden, sonst würde Palmer die Filmkassette mit der Vollmondliebesnacht am Pool zu sehen bekommen, erpresste Eva die bedauernswerte Frau.

Beim nächsten Termin bei ihrer Frauenärztin ließ sich Nummer 5 eine Spirale einsetzen. Sie würde Palmer keinen Sohn mehr schenken. Ein Jahr später bekam Eva Lehrerin Nummer 6. Sie wusste, dass sie rund ein Jahr Zeit haben würde, um etwas über sie herauszufinden, das Palmer nicht gefiel.

Obwohl die Neue sehr nett und kompetent war und Eva sie eigentlich prima fand, musste sie weg, bevor Palmer ihr ein Kind machen konnte. Eva entschied sich dazu, Nummer 6 rauszuekeln, wozu ein Jahr spielend reichte. Eva legte sich in dieser Zeit ein nettes Instrumentarium an Gemeinheiten zu, um jemanden zur Verzweiflung zu treiben. Gleichzeitig spielte sie selbst immer erfolgreich das Unschuldslamm.

Eva war gerade sechzehn Jahre alt geworden und in den vergangenen zwei Jahren vom unschuldigen Mädchen zu einer wunderschönen und teuflischen jungen Frau herangewachsen. Palmer wäre stolz auf sie gewesen, wenn er gewusst hätte, was für ein Potenzial in ihr schlummerte. Von ihrem Erfolg angestachelt, fühlte sie sich mächtig und wurde unvorsichtig.

Sie hatte nicht vergessen, wie ihr Bewacher sich mit der Lehrerin vergnügt hatte, und sie sehnte sich nach seinen starken Armen. Er war 25 Jahre alt, hatte blonde Locken und war groß und kräftig gebaut. Es vergingen keine zwei Wochen, bis sie ihn in ihr Bett gelockt hatte. Sie war verliebt und malte sich eine gemeinsame Zukunft aus. In seinen Armen wurde ihr auch klar, dass ihr Leben und ihr Glück nicht mehr von Palmer abhängig sein würden.

Ein Jahr lang lebte sie diesen Traum, wenn Palmer nicht da war. Immer wenn er zu Hause war, schmiegte sie sich an ihn und spielte die Unschuld. In einer Nacht kam Palmer unerwartet nach Hause. Als er laute Geräusche aus Evas Zimmer vernahm, öffnete er leise die Tür und sah, dass Evas Aufpasser seine Aufgabe sehr ernst nahm. Ungerührt und leise schloss er die Tür wieder und ging ins Nebenzimmer. Die Lehrerin war nicht da. Als Palmer sicher war, dass niemand sonst im Haus war, begab er sich in sein Schlafzimmer, holte die Waffe und schraubte den Schalldämpfer auf.

Mit ruhigen Schritten stieg er die Treppe hinunter, ging leise in Evas Zimmer und schoss seinem Angestellten von hinten eine Kugel durch den Schädel. Der Mann sackte auf Eva nieder, sein Blut und Teile seines Hirns ergossen sich über sie. Im Moment der Erkenntnis war es für eine Sekunde totenstill im Zimmer. Dann ertönte ein fürchterlicher Schrei unter dem toten Mann hervor, den Eva im gleichen Augenblick mit der Kraft der Verzweiflung von sich wuchtete.

Sie stürzte sich vom Bett und prallte heftig zu Boden, wo sie zusammengekrümmt und von Schreikrämpfen geschüttelt liegen blieb, bis Palmer sie ein paar Minuten später mithilfe einer Injektion in einen Dämmerzustand versetzte. Was anschließend passiert war und wo er die Leiche hingeschafft hatte, wollte Eva, die danach einige Wochen zur Erholung in einem Sanatorium verbrachte, nicht wissen. Obwohl einige bauliche Maßnahmen vorgenommen wurden, weigerte Eva sich, jemals wieder an diesen Ort zurückzukehren. Palmer hatte ihr eine Lektion erteilt, die sie nie mehr vergessen würde. Ihr Leben wurde zu einem endlosen Albtraum, in dem sie ständig diesem Wahnsinnigen ausgeliefert war.

Eva lag auf dem Rücken in ihrem riesigen Bett im Hotel Savoy und weinte beim Gedanken an jene schreckliche Nacht vor acht Jahren leise vor sich hin. Sie dachte an Dolores, die Frau, in die sie zuletzt so viel Hoffnung gesetzt hatte und die nun auf eine so unbegreiflich grausame Art hatte sterben müssen. Stunden später fiel sie in einen unruhigen und traumlosen Schlaf.

Consuelo und Miguel Garcías Haus, 20.00 Uhr

García kam mit gemischten Gefühlen nach Hause. Einerseits hatte er eine gute Nachricht für seine Familie. Sie würden am Montag in Paris sein, wo er als Vertreter der Stadt Valencia an der Trauerfeier teilnehmen musste. Gleichzeitig würde Consuelo mit den Kindern ins Disneyland gehen. Von Paris würden sie mit dem gemieteten Wohnmobil nach Skandinavien reisen, wo sie mit dem Postschiff auf der Hurtigruten die norwegische Küste entlang bis zum Polarkreis hochfahren würden. Die Rückreise wollte er in Lappland beginnen und dann durch Schweden in kurzen Tagesetappen zurückfahren.

Die schlechte Nachricht war die Pressekonferenz, die im Regionalfernsehen live übertragen worden war. Sie standen in diesem von der Öffentlichkeit mit Argusaugen beobachteten Fall noch ohne Resultate da. Wie ein Politiker wand García sich in Ausflüchten und redete von vielversprechenden Anhaltspunkten. Er zweifelte nicht daran, dass er in den Zeitungen des folgenden Tages verrissen werden würde, und dieses Mal hatte er sogar Verständnis dafür.

Consuelo hatte die Nachrichten gesehen, die landesweit bereits mit bissigen Kommentaren versehene Ausschnitte der Pressekonferenz gezeigt hatten. Zuvor hatte man von den tragischen Umständen des Todes von Dolores berichtet. Consuelo umarmte ihren Mann tröstend, richtete dann schnell ein paar Tapas her und kümmerte sich um die Paella, die auf dem Herd stand und die ganze Wohnung in einen köstlichen Duft hüllte.

Bevor seine Frau das Dessert servierte, war Garcías Laune einigermaßen wiederhergestellt und er verkündete seiner Familie, dass er ab nächster Woche einen Monat Ferien habe und sie alle gemeinsam mit einem Wohnmobil in den Norden fahren würden.

„Nächsten Montag geht ihr mit Mama ins Disneyland, in Paris!“ Die Kinder jubelten laut heraus und Consuelo schaute ihn streng an und fragte: „Sag mal, hättest du das nicht früher sagen können?“ Bevor der verdatterte García aufbrausen konnte, umarmte sie ihn erneut. „Danke, ich freue mich riesig!“, flüsterte sie ihm ins Ohr. Trotz des vermurksten Tages genoss García den Abend zu Hause in vollen Zügen, bis sein Telefon klingelte.

„Señor García?“, fragte eine ängstliche Frauenstimme. – „Am Apparat, was gibt's?“ – „Ich bin die Schwester von Dolores Márquez. Ich bin mit meiner Schwägerin zur Wohnung von Dolores gefahren, weil wir nicht einfach rumsitzen wollten. Wir sind vor zehn Minuten angekommen und haben sofort bemerkt, dass vor uns schon jemand in der Wohnung war. Alle Bücher sind aus den Regalen gerissen worden und liegen auf dem Boden …“ – „Bitte fassen Sie nichts an und bleiben Sie, wo Sie sind! Ich organisiere die Kollegen von der Spurensicherung und bin in zwanzig Minuten bei Ihnen.“

Consuelo stand, mit in die Hüften gestemmten Armen, vor ihm und schaute ihn vorwurfsvoll und enttäuscht an. „Wir fahren in die Ferien. Ich versprech's!“, küsste er sie und ging.

London, Somerset House, 22.00 Uhr

„Ja, Chef, wir haben zuerst seine Wohnung durchsucht und den Brief gefunden. Er hatte ihn auf dem PC geschrieben und dort in den Papierkorb geworfen. Er scheint keine große Ahnung zu haben. Wir sind ohne Probleme in sein System gekommen. Der Brief und das Begleitschreiben waren noch unbeschädigt. Wir haben Ihnen die Dokumente per E-Mail geschickt und dann das Ganze endgültig gelöscht.“

„An wen hat er den Brief adressiert?“, fragte Palmer schneidend. – „Dolores Márquez. Wir sind sofort hin und haben auch dort alles durchsucht. In der Küche lag, schön sortiert, die Post der vergangenen zwei Tage. Jemand hat wohl die Katzen gefüttert und die Post rausgeholt, während die Frau im Spital lag. Ganz oben auf dem Stapel von gestern war der Brief, den wir suchten. Ungeöffnet. Im Kuvert war der Begleitbrief zusammen mit einem ebenfalls verschlossenen Kuvert. Um die Polizei auf eine falsche Fährte zu führen, haben wir im Spülkasten der Toilette ein Säckchen mit 100 Gramm Schnee deponiert. Wir dachten uns, dass das als Erklärung für die verwüstete Wohnung reichen sollte."

„Was steht denn in dem Brief?" – „Sie werden keine Freude daran haben, Chef, fürchte ich." Palmer öffnete seinen Mail-Account, während er seinem Mitarbeiter neue Anweisungen gab. Sevens Schreiben hätte Palmer zwar belastet, jedoch keine Beweise geliefert. Er hätte keine Freude daran gehabt, aber seine Anwälte hätten sich darum gekümmert. Nein, eine Lebensversicherung war das nie gewesen.

„Wenigstens nimmt mir das Ganze nun eine Entscheidung ab", dachte er, zog das Handy hervor und tippte Strauß die Informationen für seinen nächsten Einsatz ins Gerät. Der würde sich darüber freuen, erst am Montag wieder arbeiten zu müssen.

Palmer ging ins Badezimmer, putzte sich die Zähne und legte sich ins Bett. Dabei dachte er, wie so oft in den vergangenen Tagen, an Eva. Sie war vor seinen Augen aufgewachsen, und er hatte sie wie eine Tochter behandelt. Auch als sie schon zur Frau herangewachsen war, hatte er sie nie als solche wahrgenommen.

Erst als sie betäubt, von Blut und Schleim besudelt vor ihm in der Badewanne lag, wurde ihm klar, was für eine begehrenswerte Frau aus ihr geworden war. Als sie frisch gewaschen und schlafend vor ihm in seinem Bett ruhte, versprach er ihr, dafür zu sorgen, dass nie mehr ein anderer Mann als er selbst in ihre Nähe kommen würde. Seither hatte Palmer sowohl an ihre Loyalität als auch an ihre Treue hohe, überprüfbare Ansprüche gestellt, denen sie in jeder Beziehung gewachsen gewesen war. Ja, sie war die Frau, von der er sich endlich einen Sohn wünschte, mit dem er seine Erfolge teilen, sich daran freuen konnte.

6. Juli 2007, Wohnung von Dolores Márquez, 00.30 Uhr

García war mit Blaulicht zur Wohnung von Dolores gerast und traf dort auf die beiden Frauen, die mit den Nerven völlig am Ende waren. Bis zum Eintreffen der Spurensicherung versuchte er, ihnen Trost zuzusprechen, aber auch herauszufinden, was sie über JCs Umfeld wussten. Sie beteuerten jedoch, nicht einmal gewusst zu haben, dass JC in der Fremdenlegion gewesen war.

García hatte die zwei Frauen nach Hause geschickt, als die Spurensicherung eintraf. Zusammen mit dem Leiter ging er zunächst in jeden Raum und verschaffte sich einen Überblick. Offenbar hatte jemand etwas gesucht und vielleicht auch gefunden. Nach einer halben Stunde entdeckte einer der Mitarbeiter ein Päckchen mit weißem Pulver im Badezimmer. Schnell war klar, dass es sich um Kokain handelte, und es wurde fieberhaft weitergesucht.

Irgendetwas passte nicht zusammen. García saß in Gedanken versunken in Dolores' Küche und machte sich Gedanken zu diesem Fund. „Haben die Einbrecher nach Kokain gesucht?", fragte er sich und antwortete sich auch gleich selbst: „Sieht so aus. – War JC in Drogengeschäfte verwickelt? – Möglich, der Kontakt zur High Society ist offensichtlich. War es eine Abrechnung aus dem Drogenmilieu? – Auch möglich, aber irgendwie passt es doch nicht, genau wie das Versteck der Drogen. Das hat man schon in zu vielen Filmen gesehen."

Wieder hatte García das Gefühl, etwas nicht zu erkennen, was deutlich sichtbar vor ihm lag. Er holte sich einen Pappbecher mit Kaffee aus der Lunchkiste des Spurensicherungsteams und setzte sich wieder an den Küchentisch. Dabei betrachtete er die Bilder, die mit Magneten am Kühlschrank befestigt waren, und blieb traurig an einem hängen, das Dolores und JC eng umschlungen und ausgelassen in die Kamera lachend zeigte.

„Ein schönes Paar", seufzte er müde vor sich hin und nahm den obersten Brief von einem der zwei Stapel, die vor ihm auf dem Tisch lagen.

Mechanisch öffnete er das Kuvert, überflog den Inhalt und entschied, ob etwas Brauchbares darin zu finden war oder nicht. Schnell hatte er sich durch die drei Briefe gelesen, die auf dem ersten Stapel lagen. Die Zeitschriften darunter und die Zeitung von vorgestern legte er beiseite und nahm das Paket zuunterst in die Hand.

Wie hatte der Kollege heute Nachmittag gesagt? In der Wohnung von Frau Márquez sei ein Geschenk mit Informationen. Konnte es nicht auch ein Paket sein?

Fieberhaft riss er die Klebebänder ab und öffnete das Paket. Die Enttäuschung war groß, als darin nur Kleider und Schuhe von einem Versandhaus zu finden waren. Müde und enttäuscht schaute García auf den zweiten Stapel und blätterte diesen kurz durch. Nichts, außer dem bekannten Bild von Fuentes und García, die ziemlich behämmert in die Kamera glotzten. Das war nun wirklich das Letzte, woran er erinnert werden wollte.

„Genug für heute, ich gehe ins Bett", sprach er wieder zu sich selbst und erhob sich. Im Flur begegnete ihm ein Beamter, der gerade dabei war, eine Asservatenkiste in den Lieferwagen zu tragen, der vor dem Haus geparkt war. García wollte ihn zusammenstauchen und ihm klarmachen, dass hier ein Einbruch und nicht ein Mord geschehen war. Dann machte er für sich selbst eine wegwerfende Handbewegung, die signalisieren sollte, dass eh alles egal war, und verabschiedete sich von seinen Kollegen.

Er hatte Ferien wirklich dringend nötig, dachte er, als er müde und resigniert die letzten Treppenstufen hinunterstieg und dem Beamten im schmalen Flur Platz machte. Dabei blieb er mit seinem Hemd und der darunter liegenden Haut an einem der Briefkästen hängen. „Scheiße, auch das noch!", fluchte er und der erschrockene Kollege fragte, was passiert sei. – „Nichts, ich bin nur am Briefkasten hängen geblieben", sagte er zu dem Beamten, der bereits wieder die Treppe hochgestiegen und stehen geblieben war. – „Hat jemand von euch schon die heutige Post sichergestellt?", fragte García den Kollegen. – „Ich weiß nicht", antwortete der, worauf García zu Dolores' Briefkasten ging und den Schlitz öffnete. „Offenbar nicht. Sorge bitte dafür, dass die Post da drinnen auch ins Präsidium geliefert wird! Gute Nacht und vielen Dank!"

Eine halbe Stunde später lag García im Bett neben seiner Frau und hatte schon fast vergessen, für wie schön und begehrenswert er sie vor wenigen Stunden noch gehalten hatte. Er küsste sie auf ihre nackten Schultern und legte seinen Kopf aufs Kissen. Manchmal hasste er sein Leben.

Universitätsklinik Valencia, 06.30 Uhr

Seven war stinksauer, weil er nicht begriff, weshalb man in Spitälern jeweils so früh am Morgen aus den Federn geholt wurde. Er hatte die halbe Nacht wach gelegen, was einerseits an seinen Entzugserscheinungen lag und andererseits an den Ereignissen der vergangenen drei Tage.

Obwohl er von Palmer wusste, dass JC falsch gespielt hatte, kamen ihm Zweifel, ob er richtig gehandelt hatte. Das Projekt, in welches Palmer sie im Jahr 1991 geschleust hatte, war für sie beide von Anfang an ein Erfolg gewesen. Sie hatten zunächst den Auftrag erhalten, alles über die Jacht der Amerikaner, die legendäre Stars and Stripes, herauszufinden, die 1992 den Cup verteidigen würde.

Sie verschafften sich Zutritt zur Werft, in der die Jacht gebaut worden war, und fanden dort sämtliche relevanten Pläne des Bootes und die Materialien, aus denen es bestand. Für sie war es ein einfacher und gut bezahlter Job, im Vergleich zu dem, was sie bisher gemacht hatten. Es war spannend und aufregend, ohne dass sie sich dabei ständig in Lebensgefahr begeben mussten.

Auch für Palmer war das Risiko gering, da seine beiden neuen Mitarbeiter in der Legion gelernt hatten, was Loyalität bedeutete. In Rekordzeit hatten sie ihren Auftrag erledigt. Palmer überließ die Pläne seinen Spezialisten im Labor, die jede einzelne Komponente optimieren sollten. Dank seiner Verbindungen zur Rüstungs- und Flugzeugindustrie gelang es, die Verbesserungen auch umzusetzen und rechtzeitig ein Boot fertigzustellen, das der Konkurrenz überlegen sein würde. Trotzdem war die Zeit knapp geworden, und der Skipper der Neuseeländer weigerte sich, beim Cup der Herausforderer ein neues, praktisch nicht getestetes Boot einzusetzen.

Palmer hatte sich wütend aus dem Projekt zurückgezogen und nahm mit großer Genugtuung zur Kenntnis, dass die Kiwis sogar die Qualifikation gegen die Italiener verloren und nicht um den Cup mitsegeln konnten. Er wusste aber, dass er bereits jetzt ein Boot besaß, das auch bei der nächsten Austragung 1995 über genügend Potenzial verfügen würde.

Die „Black Magic“ sollte 1995 dann auch überlegen gewinnen, wobei Seven und JC mit ihren Leistungen auf dem Boot maßgeblich für den überragenden Sieg gegen die Amerikaner verantwortlich waren. Palmer stand plötzlich im Rampenlicht, und dabei wurde natürlich auch seine Vergangenheit